JN242538

占い屋敷と消えた夢ノート

うらないやしきときえたゆめのーと

西村友里 作　松嶌舞夢 画

占い屋敷と消えた夢ノート

目次◎占い屋敷と消えた夢ノート

一　あなたの夢は？　5

二　壁の向こうの研究室　32

三　秘密の地下室、探索隊　64

四　エリーゼのために　100

五　不在着信　122

六　発見！　夢ノート　146

七　わたしの夢は　174

一　あなたの夢は？

「ふーっ、寒い」

大通りの信号で、真生はぶるっと首をすくめた。

きょうから三月。

こよみの上では春だが、まだまだ吹く風が冷たい。

「ほんと、いやになっちゃうわよねえ」

同じように首をすくめて、夏鈴がぼやく。

「クリスマスとかお正月だったら、寒くてもがまんできるんだけど、どうしてかなあ、三月でこの寒さはいやだわ」

「ハックション」

夏鈴のくしゃみに、向こうから来たおばさんが、ちらっとこちらを見て通り過ぎた。

「それにしても、あの宿題。どう思う？」

夏鈴の話が宿題に向かう。

「ノーベル賞をもらった人の話を聞いて感動するのは、先生の自由だよ。だからって、宿題を増やすって、ひどくない？」

「うん。ひどい」

真生も深くうなずく。

「でも、うちの学校の卒業生にノーベル賞を取った人がいたっていうのには、びっくりしたな」

「まあね。だけど、ノーベル賞を取ったのって、五年前のことでしょ。覚えてないよ。てか、興味もなかったし」

「だって、一年生だもんね」

真生もくすっと笑ってしまう。

「ほんと、ほんと」

夏鈴は、何度もうなずいている。

「それによ、この町に住んでいたのは、十五歳までなんでしょ。大学からはずっとアメリカで、今は国籍だってアメリカなのよ」

「一度も日本に帰ってこなかったんでしょ」

「そう、それで子どものころからの夢を持ち続けてがんばったって、そりゃあいい話だと思うわよ。でも、だからって、どうして宿題が増えるのよ」

夏鈴の話は、また元にもどる。

きのう、その人の講演会に行った先生は、朝からハイテンションだった。

「この中からノーベル賞をもらう人が出るかもしれないんですよ。みなさん、夢を持ちましょう。夢に向かって進みましょう」

だれも返事をしなかったのは、きっと同じことを思っていたからに違いないと、真生は思う。

夢を持ったからって、ノーベル賞がもらえるわけじゃない。

先生のテンションはさらに上がっていく。

「さあ、しっかり考えてください。自分の夢は何か。何になりたいのか。夢をかなえるために、今できることは何か。それを『わたしの夢』という題の作文に書いてください。宿題にします」

初めて、教室がざわついた。

「あと三週間で五年生は終わりです。みなさんは六年生になるんですっ。いい機会ですね。一週間あれば書けるでしょ」

さっそく先生は原稿用紙を配り始めた。

「きょうが火曜日だから、来週の火曜日を締め切りにします。きちっと書いてくださいねっ」

そんなこと言われたって。

真生は先生の顔を見ながら、心の中でつぶやいた。

夢なんかないのに、そんな作文書けないよ。

幼稚園のときだったと思う。

七夕の短冊に「夢を書きましょう」っていうのがあった。

「やきゅうせんしゅ」「うちゅうひこうし」「おひめさま」

友達が書くのを見て、そんなものなれっこないのにと、思った覚えがある。

真生を育ててくれたおばあちゃんが、いつも言ってたからだ。

「当たり前の生活をまじめに生きる人が偉いんだよ。夢みたいなことを考えても、ろくなことにはならないからね」

確かにそうだと、今も思っている。

なれそうもないことを考えるより、来週のテストのほうが大事だ。

先生はどうして、こんな宿題を出すんだろう。

夏鈴が大きなため息をつく。

「本当に、先生って宿題出せばいいって思ってるんだから、いい迷惑よ」

「ほんと、ほんと」

ぐちっているまに、分かれ道になった。

「じゃあね、真生……気をつけて帰ってね」

別れぎわ、夏鈴はいつも真剣な顔になる。

「うん、ありがとう。だいじょうぶだから」

真生はいつも、にっこり笑って夏鈴にバイバイする。

夏鈴とは長い付き合いだが、「気をつけて帰ってね」なんて言い始めたのは、二か月ほど前からだ。

二か月前……。

次の信号を渡って、薬局の角を曲がると、車がやっと一台通れるくらいの細い道になる。古びた土塀が続き、人通りも少ない道だ。土塀の上には背の高い木々が茂り、薄茶色の洋館が見え隠れする。屋根付き門の下には、まな板のような表札。そこに書いてある名前は、

「紅てる子」。

けっこう知られた占い師だ。

占い師の住むこの家は占い屋敷と呼ばれ、陰では化け物屋敷とも呼ばれている。

確かに、うっそうと茂る木々の合間から見える建物の壁には、半分枯れたツタがからまり、何か出そうだと、うわさされても不思議ではない。用もないのに、こんなところを通る子はいない。

しかし、真生はこれから、その屋敷に向かう。

なぜかと言うと、あの屋敷は真生の家であり、紅てる子は真生の母親なのだ。

真生がこの屋敷で暮らすようになったのは、二か月前からだ。

それまでは、パパと二人で近くのマンションに住んでいた。でも、パパが再婚することになり、真生は選択を強いられた。そのとき、真生が出した結論が、この占い屋敷で、てる子さんといっしょに暮らすことだった。

十分考えて決めたことだったし、覚悟もできていた。

えーっ、あの紅てる子が真生のお母さんだったのっ？

うっそー、あの化け物屋敷に住むの？

それって、こわくないの？

よくあんなところに住めるよねえ。

どれだけ騒がれるかわからないし、ひょっとしたら友達もはなれていくかもしれないと思っていた。

ところが、びっくりするくらい、何も言われなかった。

もちろん、真生のいないところでは、さんざんうわさされてるだろうが、真生に向かって直接何か言う子は、一人もいなかったのだ。

『父親が再婚するために、はなれて暮らしていた母親と暮らさなくてはならないことになった。しかも、その母親が、化け物屋敷の紅てる子だった！』

ふざけたり、からかったりするには、重すぎる内容だったのかもしれない。

夏鈴にいたっては、涙ぐんで真生を抱きしめた。

「真生、わたしはずっと友達だよ。何があっても、真生の味方だからね」

それはそれで、返事に困った。

実は、ここはみんながうわさするみたいに恐ろしい家じゃない。確かに見かけは不気味だし、普通の家では起こらないようなことも起こるが、てる子さんは普通の人だ。いや、てる子さんだけでなく、兄の宙や颯太も、じいやの田川さんも、みんないい人なのだ。

でも、それを伝えるのはむずかしかった。

「だいじょうぶなんだよ。みんな、いい人たちだから」

そう言ったら、夏鈴はもっと強く真生を抱きしめた。

信号は赤になったところだった。

立ち止まると、後ろから男の人の声が聞こえてきた。

「このあたりに、真っ赤な壁の大きなお屋敷はありませんか」

真っ赤な壁？

横目で見ると、よれよれの背広を着たおじいさんが、スーパーの袋を持ったおばさんに聞いている。

「知りませんねえ」

おばさんは、ちらっとおじいさんを見たが、すぐに向こうを向いてしまった。

真生はちょっといやな予感がした。

おじいさんがこっちを見たのだ。

信号はまだ変わらない。

「もしもし、おじょうさん」

「はい……」

そっと振り返る。

「このあたりに、真っ赤な壁の大きなお屋敷はありませんか」

「いいえ」

真生はしっかり首を振る。

「知りません」

すると、おじいさんは大きくため息をついた。

「このあたりに違いないんですがねえ……」

信号が変わった。

真生は急いで横断歩道を渡る。

ところが、まだおじいさんの声がするのだ。

「あ、ああ、もしもし、おじょうさん」

真生は、急いで薬局の角を曲がる。

それなのに、おじいさんも曲がってくる。

「もし、もし……」

おじいさんの声が追いかけてくる。

真生は走り出した。

やっと門に手がかかるというとき、おじいさんの声がはっきり聞こえた。

「おじょうさん、キーホルダー、落として、います、よ」

思わずランドセルに手をやる。

ない。

夏鈴(かりん)にもらったキーホルダー。

「おじょうさん、落とし、も、の……」

あわてて振(ふ)り返(かえ)ると、よろよろと走ってくるおじいさんの姿(すがた)が目に入った。

その手にゆれているのは、確かに真生のミッキーマウスだ。

「あ、すみません」

真生は急いでおじいさんに駆け寄った。

「は、は、はい、落とし……」

「ありがとうございます」

「い、いや、い、や……」

おじいさんの体が、ぐらっとゆれた。そしてそのままおじいさんは、ふらふらと壁ぎわに座りこんでしまったのだ。

「おじいさん、おじいさんっ」

おじいさんは肩で大きく息をして、ハアハアと苦しそうだ。

真生に向かって伸ばした手から、ミッキーマウスがぽろっと落ちる。

「おじいさん、待っててね、ちょっと待っててね」

真生はくぐり戸を抜けると、石だたみの道を必死で走った。

「だれか、だれか来てっ」

玄関のドアを開けるなり叫んだ真生の声が、よほど必死だったのだろう。

「真生さま、どうされました」

じいやの田川さんが飛んできてくれた。

「真生ちゃん、どうしたの」

「何があった？」

兄の宙と颯太、真っ赤なはかまに、数珠までかけたてる子さんが、どたどたと走ってくる。

「わたしのせいで、おじいさんが倒れちゃった。どうしよう」

田川さんたちといっしょに走ってもどると、おじいさんは、まだ壁にもたれたまま大きく息をしていた。

「どうされました？　だいじょうぶですか」

田川さんがのぞきこむ。

「はあ、だいじょうぶ、……だいじょうぶです」

そう言うものの、顔色が悪い。

「取りあえず、当家でお休みください」

「いや、これは、申し訳ない」

おじいさんはえんりょしながらも田川さんに支えられると、何とか立ち上がる。

おじいさんの息づかいが少し落ち着いてきたのは、石だたみをゆっくり歩き始めてからだった。

「わたしは、安藤……平三郎と、申します。あのう、家を、探しておりまして……」

「家ですか。何とおっしゃるお宅ですか」

「はあ……それが、名字が思い出せません。常にお名前でしかお呼びしなかったもので。はあ……」

田川さんとてる子さんがちらっと目を合わせている。

「でも、大きなお屋敷で、壁が真っ赤に……ぬられておりまして」

「真っ赤でございますか」

田川さんが、どきっとした顔をした。

「あのう、ひょっとして……」

でも、田川さんがその続きを言うことは、できなかった。

木々を抜け、屋敷の正面に出たとたん、おじいさんがいきなり叫び声を上げたのだ。

「わぉーっ。ここじゃ、ここじゃあ……」

そして、田川さんの手を振りほどくと、ふらふらしながらも、ドアに抱きついたのだ。

「あ、あのう……」

止めるまもなくドアを開け、玄関に飛びこむと、正面のステンドグラスに向かって、両手を上げる。

「ああ、帰ってきた。ここじゃあ」

あっけに取られるみんなの前で、平三郎さんは深々と頭を下げた。

「権左右衛門先生っ。平三郎、ただ今帰ってまいりました」

そして、そのままふらふらと、もう一度倒れこんだのだった。


「あのおじいさん、平三郎さんだっけ、まだ寝てるの?」

食堂にもどってきた田川さんに、宙が聞いている。

あのあと、平三郎さんは、おにぎりを五個も食べ、そのままリビングのソファで寝てしまったのだ。

「はい。よほどお疲れのご様子で」

「だけど、だいじょうぶなのか。変なやつ入れちゃって」

チョコチップクッキーをほおばりながら、颯太が聞く。

真生はちょっとどきっとする。

平三郎さんを連れてきたのは、結局、真生ということになる。

悪い人ではないように思うが、変じゃないとは言い切れない。

ところが、田川さんはきっぱり答える。

「ご心配ありません。あの方は、鈴木権左右衛門さまの一番弟子だった方だそうです」

鈴木権左衛門。てる子さんのおじいさんにあたる人で、この家を建てた人だ。

この人の名前を聞くたびに、真生は胸の奥がぞわぞわする。

権左衛門さんは、なんと発明家だったそうで、この家には隠し戸棚だとか、地下通路、いきなり飛び出す火の見やぐらに、立ち上がるライオンの噴水など、信じられない仕掛けがいっぱいあるのだ。真生だって、何度びっくりさせられたかわからない。

この屋敷が化け物屋敷なんて言われるのも、外観だけじゃない。夜中に塔が立ったり、変な音がしたりするんだものと、真生はひそかに思っている。

「権左衛門の弟子？　よけい怪しいぜ」

颯太がぼそっとつぶやく。

颯太は、この家が化け物屋敷なんて言われていることがいやなんだ。きっと真生よりずっと強く。

だから、権左衛門さんの話が出ると、不機嫌になる。

でも、権左右衛門さんは、田川さんにとっては、絶対的に尊敬できるご主人さまらしい。

「なにしろ、このお屋敷を建てられた鈴木権左右衛門さまは、りっぱな発明家でいらっしゃいましたので……」で始まる話も、何度聞いたかわからない。

「権左右衛門さんにお弟子さんがいたなんて、田川さんも知らなかったの?」

「はい。わたくしがこのお屋敷にお仕えするようになって四十年ほどになりますが、あの方がこちらにいらしてたのは、六十年も前のことだそうです」

「六十年……」

真生には想像がつかない。

「はい。それにその後、この町を出て、かなり遠方に長くお住まいだったとかで」

「一つじいやに、聞きたいんだけど」

宙がミルクティーのカップを置いた。

「はい。何でございましょう」

「平三郎さん、真っ赤な壁の家を探してるって、言ってたよね。どうして、それがうちだったのかな」

「ああ、それは」

田川さんがにっこりほほえむ。

「このお屋敷の壁は、昔、真っ赤にぬられていたんですよ」

「ぷっ」

ミルクティーをふき出したのは颯太だ。

さっとナプキンを差し出してから、田川さんは続けた。

「人目を引く、本当にすばらしいお屋敷だったんですが」

そりゃあ、引くだろう。

真生は心の中で思う。

でも、田川さんはちょっと残念そうに言った。

「権左右衛門さまがお亡くなりになってから、ご嫡男の真一郎さまが、今の色にぬり替えてしまわれたのでございます」

「真一郎さんって、母さんのお父さんだよね。ぼくたちが生まれる前に亡くなったたって聞いたけど」

宙が確かめる。

「はい、さようでございます。真一郎さまもその奥さまも、本当にまだお若くして亡くなられました。残念でございます。発明には興

味をもたれませんでしたが、おやさしくて、すばらしい方々でございました」

「そして常識的な人たちだったんだ」

颯太がしみじみと言う。

確かにこの屋敷が真っ赤だったかと思うと……。

真生も壁のぬり直しをしてくれた真一郎さまに、そっと感謝した。

「それで、平三郎さん、うちにどんな用事だったの?」

宙の問いかけに、田川さんは首をかしげた。

「さあ、そこまでは、まだ聞いておりませんが、夕食の折にでも、ゆっくりおうかがいできるかとぞんじます」

夕食にやってきた平三郎さんは、よりくしゃくしゃになった背広姿で、寝ぐせのついたしらが頭をちょこんと下げた。

「みなさんにご心配をおかけして、まったくもって申(もう)し訳(わけ)ない」

「お体の調子はいかがですか」

田川さんが心配そうに聞く。すると平三郎さんは、さらっと言った。

「いやあ、なに、飯を食うのを忘(わす)れとっただけです」

「昼の？」

「はあ、朝も」

「朝から、何も食ってないのか」

颯太が信じられないといった顔で、平三郎さんを見る。

「はあ、よくあることです。夢中(むちゅう)になりますと、つい」

「夢中(むちゅう)になって……」

真生は思わず、颯太と目を合わす。

「あのう、あなたも発明家なんですか」

平三郎さんは、ふーっとため息をついた。

「目指してはいたのですが、残念ながら、わたしは少し違う道を歩んでしまいました。まったく権左右衛門先生に、申し訳が立ちません」

「それもまあ、よかったんじゃ……」

そっと言う颯太に、平三郎さんはゆっくり首を振った。

「いいえ。偉大な発明家、権左右衛門先生の一番弟子として、あってはならぬことです」

「はあ……」

「しかしっ」

いきなり平三郎さんは顔をしゃきっと上げた。

「わたしは、権左右衛門先生の教えを片時も忘れたことはありません。やっと今、仕事をすべて終えて、この町に帰ってくることができました。今から権左右衛門先生の後を継いで、発明家の道を歩いていきたいと思っております」

「発明家の道……」

「それは、ちょっと……」

真生（まお）たちが顔を見合わせるなか、てる子さんが腕組（うでぐ）みをして感心している。

「いやあ、何かわかんないけど、平三郎さん、あんたりっぱだねえ」

「本当に。権左右衛門さまがお聞きになったら、さぞお喜びでしたでしょうね」

田川（たがわ）さんが涙（なみだ）をそっとぬぐった。

二　壁の向こうの研究室

「ふーっ」
鉛筆を持ったまま、真生は何度目かのため息をついた。
ここは、二階の真生の部屋。
そして目の前には、題名しか書かれていない原稿用紙。
『わたしの夢』
こんな宿題、と思っても、宿題は宿題だ。
やらないわけにはいかない。

でも、思いつかない……。

そして、真生のため息のわけは、それだけじゃないのだ。

きょうの昼休み、純に聞いてみた。

「あの夢の作文、書けた？」

「ううん、まだ」

そう言いながら、純は机の中から一冊のノートを取り出した。

「どれにするか決まらなくて」

「そんなにあるっていうこと？」

純が開いたノートを、思わずのぞきこむ。

「幼稚園の先生、小学校の先生、ペットショップの店員さん、パティシエ、カフェの店員さん。どれがいいと思う？」

「どれって……言われても」

「どれも悪くないでしょ。でも、これっ！　て、一つにしぼりきれないのよ」

「こんなにあるなんて、純、すごいね」

「すごくなんかないよ」

純は真剣な顔になる。

「だって、まだ決まってないし、全然準備もしてないもん」

「準備？」

「桃ちゃんとかさ」

声が急に小さくなる。

「アイドルを目指してるんだよ」

「えっ、アイドル」

「歌とピアノとダンス、習ってるんだから」

「すごい」

「こうちゃんは、けっこう本気でバスケットボールの選手を目指してるし、修（しゅう）だってさ、お父さん、お医者さんでしょ。自分もなるつもりだから、あんな厳（きび）しい塾（じゅく）に行ってるんじゃないかな」

「へええ」

真生（まお）は言葉が見つからない。

「でも、いいじゃない、夢（ゆめ）なんかあってもなくても」

急に夏鈴（かりん）が話に入ってきた。

「それより、シェリールの新曲、聞いた？」

「あ、うん。聞いたよ」

「あれも、かっこいいよねえ」

あっというまに話題が変わったのだが。

そのとき、真生はちょっと変な気がした。

何か、わざとらしい感じがして……。


そのわけは、掃除の後にわかった。

トイレから出てきたとき、たまたま聞こえたのだ。

純と夏鈴の会話が。

「純ったら、ちょっとは真生に気をつかってあげてよ」

「え、何？」

「今、真生がどんな暮らししてるか知ってるでしょ。あんなところに住んでて、夢なんか考えられるわけないじゃない」

「そうか。わたし、悪いこと言っちゃった。どうしよう」

真生は壁にぴたっと張りつきながら、心の中でつぶやいた。

どうもしなくて、いいんだけど。

ふうっ。

原稿用紙を前に、何度目になるかわからないため息をくり返す。

けっこう、ショックだったのだ。

みんなは夢を持ってるらしい、っていうことが。

そして、わたしに夢がないのは、この家にいるからだって思われたことが。

それは違う。

この家のせいじゃない。

だから、さっさと作文を書いて持っていこうと思ったのだが。

やっぱり思いつかない。

夢……。

わたしに夢がないのは……。

きっと、そんなものいらないって思ってきたからだ。

どうせ、かないっこないもの。

今、楽しく過ごせたら、それでいいじゃないか。

友達とおしゃべりして、おもしろいテレビを見て、シェリールのコンサートに行けて、おいしいものが食べられて、マンガ読んで、昼寝して……。

そして、おばあちゃんが言ってたように、当たり前の生活をまじめにやればいい。

でも、みんなは違うのかな。

やっぱり、わたしがおかしいんだろうか。

あーあ。

真生は大きく伸びをすると、天井を見上げる。

夢か……。

宙や颯太はどうなんだろう。

颯太の夢はやっぱりサッカー選手かな。ジュニアのチームでも活躍しているし、中学校だって、サッカーの有名な学校に行くことになっている。

宙にも夢があるんだろうか。やさしくて、ピアノのうまい宙。

何がしたいのかなぁ。

聞いてみようかな。

ゆっくり立ち上がったときだ。

突然、下からガンガンと何かをたたくような音が聞こえてきた。

この屋敷で大きな音がするときは、要注意だ。

屋根の真ん中から、魔界の塔と間違えるような火の見やぐらが立つことがある。

ライオンの石像が立ち上がって、口から水を吐くこともある。

ウッドデッキが二階の屋根まで上がって、下がらなくなることも……。

本当に数え切れない。

部屋を飛び出した真生は、颯太とぶつかりそうになった。

颯太も飛び出してきたのだ。

「颯太。あの音っ」

「ああ、また何か始めやがった。まったくもう、この家じゃ普通に暮らすってことができねえのかよ」

颯太の後から、真生も階段を駆け下りる。

音は、廊下の突き当たりにある、リビングのほうから聞こえてきていた。

「じいやっ」

リビングの前で、颯太が立ち止まった。

金槌を振り上げているのは、田川さんだったのだ。

リビングの横にある大きな扉をたたいている。

田川さんを取り囲むようにして、宙とてる子さん、それにあの平三郎さんがいた。

「何してるの？」

宙が振り向く。

「あの扉を開けようとしたんだけど、かぎが見つからないんだって」

「あそこは、確か……」

真生が、この屋敷に来てすぐのことだ。颯太があの扉を開けて、中に飛びこんだ。びっくりしてのぞくと、物入れに見えていたあの中になんと階段があったのだ。階段を上がってすぐの部屋には、一面トランポリンが置かれていて、てる子さんがバク転の練習をしていた。

わけがわからなくて、動けなかったのを覚えている。

「またトランポリンやるの？」

真生はそっと宙に聞く。

バク転のできる占い師になるっていうてる子さんに、颯太がすごく怒って、トランポリンは禁止になったはずだ。

「ううん」

宙もちらっと颯太を見てから首を振る。

「そうじゃなくて、あのトランポリンの部屋の奥に用があるらしい」

「あの部屋の奥？」

真生はちらっと見ただけだったが、トランポリンのほかに何かあっただろうか。

「もう一つ、部屋があるんだって」

「部屋が？」

「うん。権左右衛門さんの研究室」

「ええっ」

「うそだろ」

颯太がつぶやく。

「これ以上ややこしいもんが、まだあったのかよ」

「でも、そこは普通の部屋らしいよ。研究室だから」

「その名前からして気に入らない。普通の部屋じゃないに決まってる」

「ひょっとして、平三郎さんが入りたがってるの？　その研究室に」

宙が小さくうなずく。

「何か大切なものがあるはずなんだって」

「だからって、扉を壊しちゃうの？」

「ノブのところさえはずせば、開けられるらしいよ」

「ふん、くだらねえ」

颯太がぷいと横を向く。でも、立ち去るわけでもなく、うろうろしている。

「トランポリンの部屋って、奥にドアなんかあったかしら」

「思い出せないんだよね」

宙も首をかしげる。

「ない」

きっぱり言い切ったのは、颯太だ。

「あの部屋、入り口以外にドアなんか、なかった」

「じゃあ、もしトランポリンの部屋に入れたとしても、その奥の部屋にどうやって入るの?」

「考えたくもないけどな」

颯太がうなる。

「きっとあるんだよ。隠し何とかが。なにしろここは、……権左右衛門さまのお作りになったお屋敷だ」

そのとき、ポキンと、ドアノブの壊れる音がした。

先頭に田川さん、その後をてる子さん、平三郎さんと続いて階段を上る。真生たちもその後からついていった。

やっぱり部屋一面、トランポリンだった。

机一つ、棚一つない。

うっすらほこりが積もっているところを見ると、てる子さんもこのごろは入っていないのだろう。

もちろん、ドアもない。

トランポリン以外にあるものといったら、天井から下がるシャンデリアぐらいのものだ。

と、突然シャンデリアがゆれ始めた。よく見ると天井全体が小刻みにゆれている。

「なんだ、これっ」

颯太が身がまえた。

「入り口でございます」

田川さんが壁の隅にあったボタンを押している。

ウィーンとモーターが動くような音とともにシャンデリアのゆれは大きくなり、いきなりガタンと、天井の一部が開いた。

そしてそこから、ガタガタガタと下りてきたのは、りっぱなはしごだった。

「そうです。ここでした。権左右衛門先生っ」

平三郎さんが両手を握って叫ぶ。

「研究室って、奥じゃなくて上だったのね」

真生がつぶやくと、颯太は腕を組んだまままうなった。

「どこに何があっても、おれはおどろかないぞ」

でも、研究室は上ではなく、やはり奥だった。

颯太の後からはしごを上った真生は、すぐに納得した。

天井に上るとすぐに、向こう側へ下りるはしごがあったのだ。

「すごいね」

真生が言うと、後ろにいた宙がにっと笑った。

「さすが、権左右衛門さん」

ところが、真生がはしごを下りようとしたときだ。

突然、下から平三郎さんの叫び声が聞こえてきた。

「ああっ、これはっ」

急いで下りていくと、平三郎さんがおろおろしながら、机や戸棚の引き出しを次々と開けている。といっても、ここはそんなに広い部屋ではない。

壁ぎわに机と戸棚が並んでいて、真ん中に木のテーブルが一つと、いすが二つ。

開ける引き出しもしれている。

「どんなすげえ部屋かと思ってたのに、案外普通の部屋なんだ」

颯太が小さい声で言う。

「ああ、なんていうことだ。何にもない」

引き出しを調べ終わった平三郎さんは、そのまま机につっぷしてしまった。

「なくなっている。すべて、すべて、なくなっている」

田川さんもてる子さんも気の毒そうに、そんな平三郎さんを見ている。

「申し訳ございません」

田川さんがそっと声をかけた。

「わたくしは権左右衛門さまのご生前、この部屋に入ることはございませんでしたので、どのように変わったのかわからないのですが」

「変わったというんじゃないんです。……なくなっているのです」

涙ぐんだ目で、平三郎さんは田川さんを見上げた。

「研究資料のすべてが」

平三郎さんは、よろよろと立ち上がった。

「どこに、……どこにいったのですか。あの実験道具は？　記録簿は？　先生が苦労して集められた研究資料は？　そして、あの大切な夢ノートは」

「あたしも、うっすらとしか覚えてないけどさ」

てる子さんがひょいと、からっぽの引き出しをのぞく。

「この部屋って、すごくいろんなものがあって、ごちゃごちゃしてたような気がするんだよね。それが、いつのまにこうなったんだろ」

「はあ」

田川さんが小さくため息をついた。

「はっきりしたことは、わかりませんが」

ますます申し訳なさそうに声をひそめ、ちらっと平三郎さんを見る。

「権左右衛門さまがお亡くなりになってしばらくしてのことですが、ご子息の真一郎さまがこの部屋をかたづけるとおっしゃいまして。お一人で、ダンボール箱をいくつも運び出しておられました。そして……すべて焼却なさっておられました」

「焼却っ」

平三郎さんは、絞り出すような声で聞く。

「なぜです、真一郎さんは、なぜお父上の偉大な研究を燃やしてしまうなんて、そんなことをしたのですかっ。むごい。あまりにひどい話だ。ああ、夢が、わたしの夢が消えてしまった」

よほど、ショックだったのだろう。

平三郎さんは頭を抱えると、そのままふらふらと床に座りこんでしまった。

「平三郎さん……」

平三郎さんの肩が小刻みに震えている。

真生は思わず田川さんを見る。

でも、田川さんもてる子さんと顔を見合わせているだけだ。

真生は視線を、机に、戸棚に、テーブルにと移す。

今はがらんとした部屋だけど、ここが研究室だったんだ。あの鈴木権左右衛門さんの。

そして、平三郎さんの。

この小さな部屋で、夢中になって発明をしている二人の姿が浮かぶ。

隠し戸棚に地下通路、ライオンの噴水に火の見やぐら。

どの発明にもびっくりさせられ、そのたびに聞いた「偉大な発明家、権左右衛門さん」だったけど。

今初めて、権左右衛門さんが生きていたんだって、わかった気がした。

田川さんが平三郎さんの肩に手をかけた。

「とにかく、ここにいらしても致し方ございません。部屋にもどりましょう」

「そうだね。そいで、権左右衛門さんのこと教えてよ。あたしたち、あんまりよく知らないんだ。話、聞かせてよ」

平三郎さんはてる子さんにうなずくと、ゆっくり立ち上がった。

「これはお見苦しいところをお目にかけました。お恥ずかしいことです」

ずずっと、はなをすする。

「とんでもないことです。それほどまでに、権左衛門さまのことを思ってくださっているとは、この田川、ありがたさで胸がいっぱいでございます」

「そうだね。ありがとうね」

「甘いものをご用意しております。下でお召し上がりください」

田川さんに抱えられるようにして、平三郎さんははしごを上っていく。

真生の目に、しゅんと萎れてしまったその後ろ姿が映る。

わたしの夢が消えてしまった。

平三郎さんはそう言って泣いていた。

どんな夢なんだろう。

あんなに泣くほど、大切なものなんだろうか。

真生はもう一度、がらんとした部屋を見る。


「うまいっ」

大きな口を開けて、桜もちをかじっている颯太の前で、平三郎さんも目を丸くしている。

「おいしいですね。これは、どこのお店の桜もちですか」

「田川が作ったんだよ」

「へえーっ」

てる子さんに聞いて、もう一度、食べかけの桜もちを見ている。

温かいお茶と桜もちで落ち着いたらしく、平三郎さんは、少しずつ思い出話を始めた。

「わたしの家は時計店でして、職人の父は、普通の時計だけでなく、からくり時計やオルゴールなど、いろんな機械ものの修理(しゅうり)をしていました。父が権左右衛門(ごんざえもん)先生とどこで知り合ったのかはわかりませんが、かなり親しくさせてもらっていたようです」

「からくり時計か。好きそうだな」

一つ食べ終わった颯太(そうた)が、お茶に口をつける。

「中学生になりますと、わたしは父の使いでこのお屋敷(やしき)に時計の部品などを持ってくるようになりました。そのころ、権左右衛門先生は、目覚まし部屋(べや)の発明に力を注いでおられたのです」

「目覚まし部屋(べや)？　何だ、それ」

颯太が次の桜(さくら)もちに伸(の)ばした手を止める。

「起きる時間になると、部屋(へや)全体が起こしてくれるのです」

「目覚まし時計じゃなくて？」

真生(まお)も聞いてしまう。

「はい」

平三郎さんは重々しくうなずいた。

「音も鳴りますが、カーテンが開き、ベッドがゆれ、つまり部屋全体が目覚ましなのです」

真生たちは思わず顔を見合わせる。

「それ、完成したのか？」

颯太が大切なことを聞く。

「残念ながら……」

真生は心の中でほっとする。

「しかし、そのころから、わたしは先生のお手伝いをさせていただくようになりまし

た。先生はあの研究室に人を入れるのはおきらいでしたが、わたしだけは入れてくださったのです。一番弟子としてっ」

そこまで話すと、平三郎さんは一度、大きくため息をついた。

「すばらしい日々でした。わたしは時間の許す限り、あの研究室に通い、様々なことを教えていただいたのです」

「それは、よろしゅうございました。うらやましい限りでございます」

田川さんが真剣にうなずく。

「平三郎さんは、どのくらいここに来てたんですか」

宙の問いかけに、平三郎さんは指を折った。

「中学を卒業するまでですから、二年と八か月です。先生はわたしに東京の高校に行くよう勧めてくださいました。幅広く物事を学んだほうがよいと父を説得してくださり、いくらかの経済的援助までしてくださったのです」

「ほうう」

田川さんがナプキンを握りしめて聞いている。

「初めは、高校を卒業したらここへもどってくるつもりでした。しかし、大学へ行けることとなり、仕事を持つようになり、いつのまにか六十年たってしまいました」

改めて、平三郎さんは大きなため息をついた。

「もっと早く、帰ってくればよかった。せめて、先生がお亡くなりになられたことを聞いたときに、何としてでももどれば、夢ノートまで失うことはなかったかもしれません」

「夢ノートって、どんなものなんですか？」

宙が聞く。

「世の人々のために、こんな発明ができればいいと、権左右衛門先生がお考えになった計画を書いたノートです。先生はあのノートを本当に大切にされていました。すばらしい計画がぎっしり書いてあったのです。そして、いつかこの発明をなしとげようと、二人で固く約束をいたしました」

「発明をねえ……」

颯太がぐいっとお茶を飲む。

「六十年もたってしまいましたが、わたしはそれを忘れたことはありません。ずっと思い続けてきました。あのころはできなかったことでも、今ならできるかもしれない。いつか、あの夢ノートに書いてあった発明をこの手でやりとげよう。それがわたしの夢でした。あの夢があったからこそ、ここまでがんばれたのかもしれません。わたしは、二人の夢をかなえたかった。せめてもの、先生への恩返しに……」

「それは仕方ないよ。平三郎さんが悪いわけじゃないんだから」

いつのまにか四つ目の桜もちを食べ終わったてる子さんがなぐさめる。

「だれだって、思うようにはいかないって」

「あのう、わたくし、思い出したことがあるのですが」

田川さんがお茶のお代わりを入れながら、平三郎さんを見た。

「その夢ノートは、本当に研究室にあったのでしょうか」

「ありましたよ。わたしは何度も見ました」

「平三郎さまが、東京に行かれた後はどうでしょう」

「えっ」

平三郎さんがきょとんとする。

「権左右衛門さまは亡くなられるしばらく前から腰を悪くされて、だんだん階段の上り下りに不自由されるようになってしまわれました。そこで、今、占いのお部屋になっているところで、過ごされるようになったのです。そこからでも、食堂まで来られるのがやっとのご様子で、研究室へ行くことはご無理になっておられました。それで権左右衛門さまは、奥さまに頼んで何冊かの本やノートを取ってきてもらい、ご自分の枕元に置いておられたのです」

「そ、それなら、夢ノートもっ」

平三郎さんの顔がぱっと明るくなる。

「確実には申せませんが、そんなに大切なものでしたら」

「じゃ、じゃあ、その本やノートはどこに」

田川さんは静かに首を振った。

「そこまでは、わかりません。ただ、燃やされていない可能性もあるかと」

「ああ」

平三郎さんが深くため息をつく。

「もしまだ存在する可能性があるのなら、何としてでも探したいです」

「さようでございますね」

「じいさんがどこかに隠したとしたら……」

てる子さんが口をはさむ。

「この屋敷には隠し戸棚も、隠し部屋もいっぱいあるだろ。ひょっとしたら、まだあたしたちが知らないところだってあるかもしれないよ」

「なるほど」

田川さんと平三郎さんがうなずき合う。

次の瞬間、平三郎さんは、しゃんと背筋を伸ばした。

「きっとどこかにあります。わたしは、確信してきました」

そして、てる子さんのほうを向くと、テーブルに両手をついて、頭を下げた。

「しばらくの間、この平三郎にお屋敷の中の探索許可をいただきたい。必ず権左右衛門先生の夢ノートを探し出してみせます。どうか、わたしの夢をかなえさせてくださいっ」

「てる子さま、田川からもお願いいたします」

「わかった」

てる子さんが大きくうなずく。

「みんなで探そうっ」

「ありがとうございます」

平三郎さんが、もう一度、深々と頭を下げた。

「それでは、まず、どちらから探されますか」

田川さんが手帳を取り出している。

「権左右衛門先生が、最後の時をお過ごしになったという、その部屋を見せていただきたいと思います」

「じゃあ、早く行こう。確か夕方から占いの予約が入ってるからね」

「それは急ぎませんと」

バタバタと三人が出ていく。

平三郎さんが元気を取りもどしたのは、よかったけど。

真生はやっぱりよくわからない。

夢(ゆめ)があんなに大切なものなんだろうか。

ぼーっと三人を見送る真生に、宙(そら)が声をかける。

「真生ちゃん、どうしたの？」

「うん。なんか、どうしてみんな、あんなに一生懸命(けんめい)なんだろうって思って」

「不思議？」

「うん、ちょっと……」

「そうだね」

宙もちょっと首をかしげる。

「きっと、とっても大切な夢(ゆめ)なんだろうね」

「はっきりしてることはな……」

颯太(そうた)が答える。

「また、なんか、ややこしいことになりそうだってことだぜ」

三　秘密の地下室、探索隊

商店街に並ぶプランターにスイセンの花が咲き始めた。

毎年植えられているが、いつもどこかのスイセンは枯れている。

「ことしはどこもきれいに咲いてるでしょ」

夏鈴も同じことを思ったらしい。

そして、真生が知らない情報も持っていた。

「フローレルっていう花屋さんがあるじゃない。あそこの人がお世話してるんだって」

「そうなんだ」

「あっ、ほら」

夏鈴が指さす。まさにエプロン姿の女の人がプランターに水をあげているところだった。

その人が振り向く。

「あら、真生ちゃん。お帰りなさい」

「ただいま、香織さん。水やり、お疲れさま」

「まあ」

香織さんのほおがちょっと赤くなる。

「真生ちゃん、今ね、ハーブ入りのクッキーをいろいろ試してるの。また食べに来てね」

「うん、わかった」

バイバイと手を振って歩き始めると、夏鈴が口をとがらしていた。

「何だ、真生、知り合いだったの?」

「占い屋敷にいつもお花を届けてくれる人なの。だけど、スイセンの水やりしてたことは、知らなかったよ」

「そうか。占い屋敷に……あ、そう言えば学校園のスイセンも咲いてるね」

占い屋敷の話をすると、夏鈴は話題を変える。気をつかってくれているのだ。

だから、言いにくい。

あの人は、パパの新しい奥さんだよ、なんて。

香織さんとパパが住んでいる家は、車で三十分ほど行った山のほうにある。

香織さんは、そこでハーブなどを育てながら、この花屋さんにも手伝いに来ている。

とってもいい人だ。

真生はそっと夏鈴の顔を見る。

「なあに?」

夏鈴がにこっと笑う。

夏鈴は大切な友達だ。

それなら、やっぱり言うべきだ。

「あのね……」

言いかけたときだ。

「夏鈴、真生、待ってえ」

振り向くと、純がランドセルをカタカタいわせながら走ってきた。

「ねえねえ、わたしもいっしょに帰っていい？」

「いいけど」

真生は、純の顔を見る。

ハアハアしているだけじゃなくて、何だか真剣だ。

「どうしたの？」

純は意味ありげに夏鈴の顔を見て、真生の顔を見た。

「二人とも、まだ聞いてないの？　桃ちゃんのこと」

「桃ちゃん？」

夏鈴がキョトンと純を見る。

「桃ちゃんなら、きょうもお休みだったね。なかなか熱が下がらないって、先生が言ってたでしょ」

純が小さく、でもはっきりと首を振った。

「違うのよ」

そして、ぐっと声をひそめる。

「実は……誘拐されたらしい」

「ええーっ」

「しーっ」

夏鈴があわてて自分の口を押さえる。

「だれに聞いたの？」

純は真生に一歩近づくと、思い切り小さい声で答えた。

「……修くん」

夏鈴もぐっと近づいてくる。

「どうして、修くんが知ってるのよ」

「修くんのお母さんって、ＰＴＡの役員してるでしょ。それで、秘密のメールが回ってきたんだって。みんなで捜してるらしいよ。警察にも連絡したとか言ってたんだって」

「えぇーっ」

夏鈴が口を押さえたまま叫ぶ。

「それにね、わたし、見ちゃったのよ」

純の声が低くひびく。

「何、何よ」

夏鈴の声が震えている。

「あのね、きのうの帰りも、けさもなんだけど、大通りに見たこともない二人組の男の人がいたの」

「えっ、それ、どんな人っ」

夏鈴(かりん)が純(じゅん)の腕(うで)をつかむ。

「二人とも背広(せびろ)着てたけど、がっしりした体つきで、なんかきょろきょろして、小さい声でケータイでしゃべってたの」

「ひょっとして、それ、刑事(けいじ)さん」

夏鈴がつかんだ手に力を入れる。

「桃(もも)ちゃんを捜(さが)してるっていうこと？」

「犯人(はんにん)を捜(さが)しているのかもしれないよ」

「っていうことは、犯人(はんにん)がまだ、このあたりにいるのかもしれないっていうこと？」

「手がかりを捜(さが)してるんだよ、きっと」

二人の目が、がちっと合う。

「大変！」

「早く帰ろう」


「真生(まお)。本当に気をつけて帰ってね」

別れぎわの夏鈴の言葉が、きょうは特に重々(おもおも)しい。

「うん。夏鈴たちもね」

取りあえず、そう言って薬局の角を曲がる。

いつもの土塀(どべい)を通(とお)り過(す)ぎ、門を入ると、ふーっと一息つく。

でも、と木々(きぎ)の続く石だたみを歩きながら思う。

誘拐(ゆうかい)なんて、そんなテレビドラマみたいなことが、本当にあるんだろうか。

それに、先生が何も言わないのもおかしい。

三駅はなれたところで、不審者がいたっていうだけで、気をつけて帰るように話があるのに。

考えながら、植え込みの角を曲がったときだ。少しはなれた花壇のほうで、ぶつぶつぶやく声がした。

どきっとして立ち止まり、そっと植え込みの向こうをのぞく。

「平三郎さん」

つぶやきながら歩いていたのは、あの平三郎さんだった。

「平三郎さん、何しているんですか」

声をかけるが、気がつかない。

「五十五、五十六、五十七、五十八……」

夢中で何かを数えている。

歩数だ。

「百！」

そこで、平三郎さんはくるりと直角に向きを変えた。

「一、二、三、四、五、六……」

また数え始める。

「二十三、二十四、二十五……」

足元だけを見て、まっすぐ歩いていく。

「あ、危(あぶ)ない……」

真生(まお)はあわてて駆(か)け寄(よ)った。

「平三郎さん」

しかし間に合わなかった。

平三郎さんは、まっすぐ杉(すぎ)の木にぶつかって尻(しり)もちをついた。

「だいじょうぶですか」

そっとのぞきこむ。

「あ、真生さん……だ、だいじょうぶです」

平三郎さんはふらふらと立ち上がった。

「ああ、しまった。何歩だったかな」

「何をしているんですか」

「はあ、地下室の入り口を探しております」

「地下室？」

「はい」

平三郎さんが重々しくうなずく。

「秘密の地下室だとおっしゃっていました」

「秘密の地下室……」

平三郎さんはちょっと声をひそめる。

「わたしは一度だけ入ったことがあるのです。机が一つほどの小さな部屋でしたが、まさに秘密めいた部屋で、思えば思うほど、夢ノートもあの部屋にあるような気がしてならないのです」

「それで、その入り口が外にあるんですか」

「そうです。百歩、きっかり直角に曲がって百歩、また曲がって百歩のところにあったのです」

「どこから百歩なんです？」

平三郎さんは少し、悲しそうな顔をした。

「それが思い出せなくて」

真生は出しかけた言葉をのみこみ、もう一度確かめる。

「じゃあ、今は、どこから百歩測っているんですか？」

平三郎さんは落ち着いて答えた。

「いろんなところから測って、調べております」

真生は思わず庭じゅうを見回した。

この屋敷も大きいが、それをぐるっと囲む庭だ。スタート地点も無限にあるのではないか。

真生が何も言えないでいるうちに、平三郎さんはまた数え始めた。

「一、二、三、四……」

小さな背中が一歩ずつはなれていった。

「平三郎さん……」

その背中を見ていると、何かじいんと伝

わってくる。

平三郎さんにとって、本当に大切なものなんだ、その夢。

「ただいま」

ドアを開けると、かすかにピアノの音が聞こえてきた。

宙だ。

そう言えば、中学校はテスト休みに入るとか言っていた。

真生は急ぎ足で廊下を進むと、リビングのドアを開けた。

「真生ちゃん、お帰り」

ピアノの向こうから宙の声がした。

「ただいまっ」

ランドセルをどさっとソファに投げようとしたときだ。

「あっぶねえな。何する気だ」

むくっと、颯太が起き上がる。

「あ、ごめん。颯太がいるって思わなかったんだもん」

「気をつけてくれよ。ただでさえ、思いっ切り疲れてるんだからな」

「何かあったの？」

真生はランドセルをそっと置くと、向かい側のソファに腰を下ろす。

「恐ろしい目にあった」

「恐ろしい目？」

そのとき、宙がくすっと笑ったのが見えた。

「何があったの？」

颯太は、真剣な顔で真生を見る。

「学校から帰る途中、おれはトイレに行きたくなった」

「トイレ?」

ふわっと気が抜ける。

「あるだろ、そういうことっ」

声の大きさにつられて、こくんとうなずく。

「で、ダッシュで帰ってきて、玄関に入るなりトイレに直行した。そしてドアを開けようとしたとたんだ。向こうから開いたんだ。そこから、じいやが出てきた」

「そりゃあ、田川さんだってトイレにくらい行くでしょ」

「問題は次だ。じいやが出てきたと思ったら、その後ろからあの平三郎が出てきたんだ」

「えっ」

映像が浮かぶ。

「それって、田川さんと平三郎さんがいっしょにトイレに入ってたっていうこと?」

颯太は重々しくうなずく。

「それだけじゃねえぞ。続いてすぐに、おふくろも出てきたんだ」

「うっ」

言葉が出ない。

「まさか……」

トイレに?

「三人で……?」

「おれは、思わず叫(さけ)んだよ。何やってやがるっ、てな」

真生(まお)はこくこくとうなずく。

真生だって、叫(さけ)ぶだろう。

何といっても、てる子さんは女だ。

「そしたら、じいやが言った。地下通路を調べておりましたってな」

「あーあ、そうか」

張り詰めていたものが、ぽわーんとはじける。

「地下通路か……」

この屋敷には、地下通路があるのだ。

入り口は、てる子さんの占いの部屋の掛け軸の裏と、リビングの大時計と、もう一つトイレの中の物入れだ。

宙がやさしく言う。

「三人とも夢中で探してるんだよ、夢ノートっていうのを」

真生も平三郎さんの背中を思い出す。

「そう言えば、今もね、平三郎さんが、秘密の地下室を探してるって言ってた。だけど、本当にこの家にそんな地下室があるの？」

「さあ、どうかな。聞いたことはないけど」

宙が首をかしげる。

「あっても、おれはおどろかねえ」

自分に言い聞かせるように言う颯太に、宙がにこっと笑う。

「地下室でもどこでもいいけど、見つかるといいね」

夢ノート……。

発明したいものがいっぱい書いてあるって言ってた。

鈴木権左衛門さんと、平三郎さんの夢が詰まった夢ノート。

「そんなに大事なものなのかなあ、夢って」

わたしは、持っていない、夢。

「たぶん、そうなんじゃねえか」

真生はちらっと颯太を見る。

「颯太の夢は、やっぱりサッカー選手？」

颯太はふっと首をかしげる。

「さあな」

「だって、サッカーをやりたいから、あの中学に行くんでしょ」

「確かにそれもあるけどよ」

　颯太はぐるっと部屋を見回した。

「初めはとにかくこの屋敷がいやで、出ていきたかった。サッカーなんか口実でさ、全寮制っていうのが、めっちゃ魅力的に思えた」

　この話、聞いたことがあるけど、改めて聞くと、やっぱり寂しい。真生は思わず下を向いてしまう。

「だけどな、今は、そこまででもない」

　颯太はそんな真生を見てにやっと笑った。

「この屋敷もまんざらじゃないって思ってるぜ。だけど、サッカーが好きなのも確かだし。やってみようかってとこだな」

「がんばれよ」

宙がぽんと肩をたたいた。

「サッカーがんばるって、いい夢だと思うよ」

「わたしもそう思う」

すてきな夢。

「颯太がすごい選手になったらいいな」

へへへっと颯太が笑う。

「宙だって、ピアノやりたいんだろ」

「え？　ピアニストになるの」

宙は笑いながら、首を振る。

「それは無理。だけど……」

宙は、一瞬遠いところを見た。

「一人でもいいから、聞いてくれた人がほっとするような、そんなピアノがひけるようになったらいいだろうなとは思う」

「なるよ。今だって、わたし、宙のピアノ聞くの、好きだもん」

「ありがとう。真生ちゃんの夢は？」

真生はゆっくり首を振った。

「ないの。でも……、みんな持ってるみたいだし。それに、平三郎さんを見てると、夢があるっていいなって、ちょっと思う。だって、あんなに夢中になって探しているんだもん」

「そうだね」

宙がやさしく笑った。

「六十年もたつのに、あれほど大切なんだよ。そんな夢があるっていいよね」

「それが発明なんてバカバカしいもんじゃなかったら、おれもいいと思うぜ」

ぽんと付けたした颯太に、宙が考えながら言う。

「でもね、夢って人それぞれじゃないのかな。だれにでも、その人らしい夢があっていいんだよ。きっと」

「その人らしい夢か」

真生は考える。

純も、桃ちゃんも、修も。

それから、颯太や宙も。

確かにその人らしい夢を持っている。

じゃあ、わたしらしい夢って何だろう。

「わたしにも、夢って見つけられるのかなあ」

思わずぽろっと言ってしまう。

「全然、思いつかないんだけど」

「真生ちゃん……」

宙が真生を見る。

「だいじょうぶだよ。見つかるよ」

宙に言われると、何だか安心する。

「きっと真生ちゃんらしい夢が見つかるよ」

「でもね……」

あの宿題のことを相談しようかなと思ったとき、ドアが開いた。

「おや、みなさま、ここにおそろいでしたか」

田川さんだ。

「そろそろパウンドケーキが焼き上がります」

「やったー」

颯太が飛び起きる。

「何のケーキだ？」

「はい。本日はクルミと干しイチジクを入れました」

「おいしそう」

真生も、夢の話は後にして立ち上がる。

宙がピアノのふたを閉めながら、田川さんを見た。

「それで、秘密の地下室は見つかりそう？」

「残念ながら」

田川さんは、ゆっくり首を振る。

「見つからないほうがいいぜ」

颯太がはっきり言う。

「そんなもの見つかったら、また化け物屋敷におかしなものが増えるんだぜ」

「はあ」

田川さんはちょっと目をふせる。

「確かに見つけられないかもしれません。時間もあまりございませんし」

「時間がないって、どうして?」

真生は思わず聞いてしまう。

「平三郎さまは、あと二日しかこちらにいられないのだそうです」

「あと二日」

「それは、ちょっと大変だね」

宙も気の毒そうに言う。

「でも、平三郎さまもてる子さまも、もちろん、わたくしもまだ、あきらめてはおりません」

田川さんは顔をきちんと上げる。

「そういう地下室があることは、事実なのです。平三郎さまが入ったことがあるのですから。きっと夢ノートはそこにございます。地下室への入り口さえ見つかれば、まだ可能性があるということなんです」

確かに、あきらめてはいないようだった。

一番に廊下に出た颯太の足が止まっている。

「何やってんだ？　あいつら」

ドアが並ぶこの廊下の反対側の壁には、りっぱな額に入った肖像画がいくつも飾られている。おそらく何十年も飾られてきたと思われる額だが、それが一つずつ取りはずされているのだ。しかも、はずされては引っくり返されたり、トントンと音を確かめられたり、かけられていた壁をこすられたりしている。

てる子さんも平三郎さんも、真剣そのものだ。

「探してるのって、地下室への入り口だよね」

真生は思わず確かめる。

壁の外は庭だし、まして額縁の中に入り口はないだろう。

「でも、どこに何があるかわからないから……」

宙(そら)も言いよどむ。

「せめて、もうちょっとましな探(さが)し方(かた)はないのか?」

颯太が、うんざりした顔で通(とお)り過(す)ぎようとしたときだ。

はずされて壁(かべ)に立てかけてあった額縁(がくぶち)がバタンと倒(たお)れ、颯太の足を直撃(ちょくげき)した。

ごてごてと彫刻(ちょうこく)のほどこされたりっぱな額(がく)だ。

「痛(いた)っ」

思わず、颯太はその額(がく)をけっとばした。

額(がく)が、壁(かべ)に当たってガシャンと倒(たお)れる。

「ああっ」

平三郎さんがあわてて額(がく)に手を伸(の)ばす。

「だいじょうぶでございますか」

田川さんが颯太に駆け寄る。

でも次の瞬間、みんな動きを止めた。

キュイーン、キュイーン……。

変な音が足元から聞こえ始めたのだ。

音はだんだん大きくなり、みんなの視線があの倒れた額に集まる。

いきなりだった。

音が止まったかと思ったら、今度は額が、ガタガタと激しくゆれ始めたのだ。

平三郎さんも、伸ばした手をあわてて引っこめる。

額は二、三回、大きくはずんだかと思うと、下側の部分が、ふたのようにパカッと開いたのだ。

「何か入ってる」

颯太の声に、思わずみんな、のぞきこむ。

その中に見えたのは、くるくると丸められた古そうな紙だった。

「何だ、これ？」

「ひょっとしてっ」

平三郎さんの声がひびく。

「ち、地図ではありませんでしょうか。地下室の」

「ほおうっ」

田川さんがため息をもらす。

「取り出してもいいでしょうか」

平三郎さんの問いかけに、てる子さんがこくこくうなずく。

平三郎さんは大きく息を吸うと、静かにその丸められた紙を取り出した。

そして、ゆっくりゆっくり開いていく。

みんなの視線が集中する。

それは、黒のマジックらしきもので描かれた、簡単な絵だった。

沈黙を破ったのは、颯太だった。

「何だ、これ。何かの暗号か？」

「大昔に洞窟に描かれたっていう絵に似てるけど」

宙もじっと見たまま答える。

「地図ではなさそうですが、何か意味を持っているのかも」

平三郎さんが首をかしげる。

「もしそうなら、何かの規則性があるはずですし……」

「それにしてもヘタな絵だなあ」

颯太が感心したように言う。

「棒を持った人と、イヌかネコ……」

宙が付けたす。

「ちょっと耳が長いから、ウサギかもしれないよ」

「それにしては、しっぽが長いぜ。ネズミじゃねえか」

「トラだっ」

はっきり言い切ったのは、てる子さんだった。

「トラ？」

「どこが？」

同時にてる子さんを見た宙と颯太に、てる子さんは言い切った。

「トラに間違（まちが）いないよ。だって、それはあ

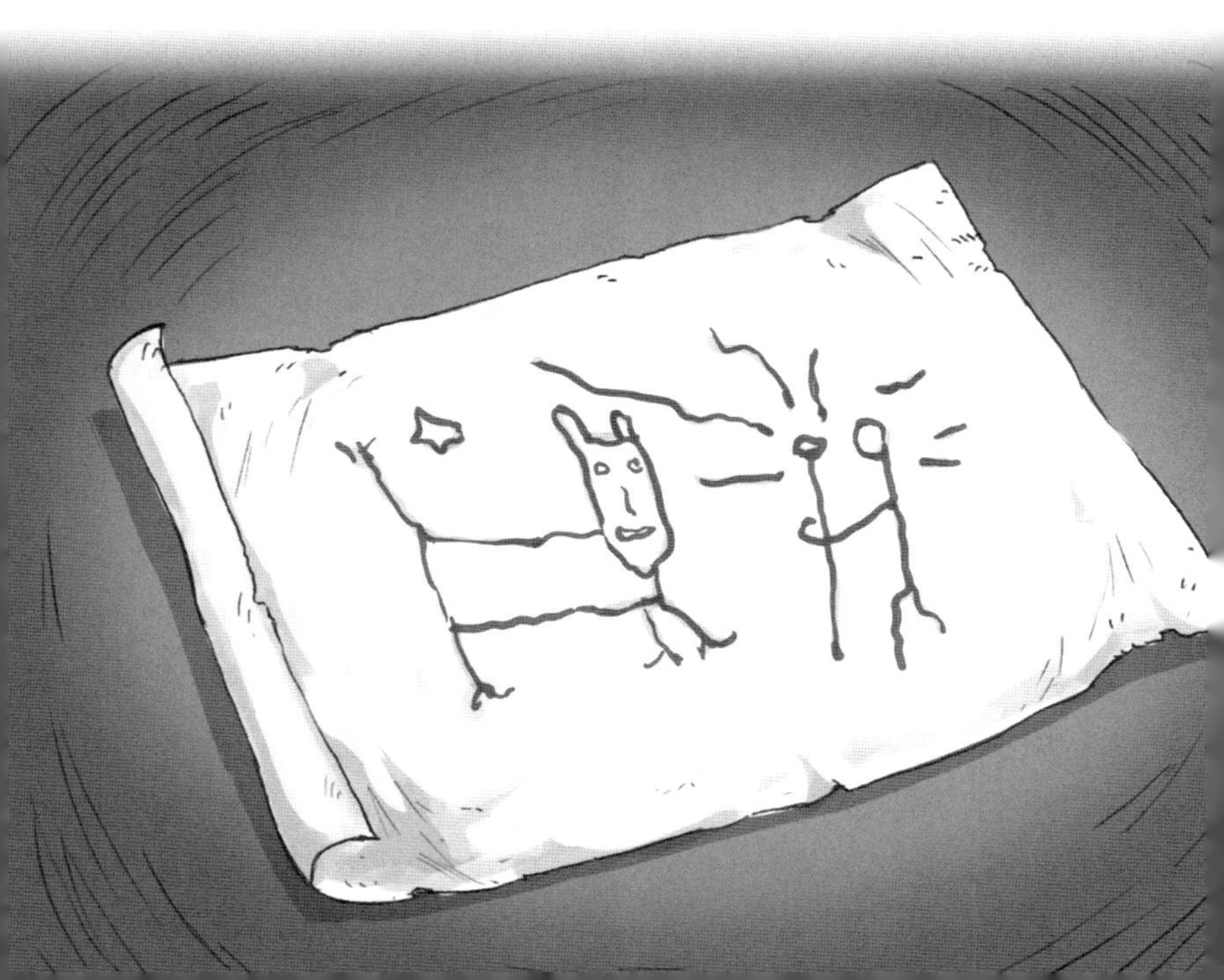

たしが描いたんだからね」

「てる子さんが？」

みんなの視線が一斉に動いた。

「たぶん、あたしが小学校の五年か六年のときに描いた絵だよ」

「じゃあ、この棒を持った人は、母さん？」

宙がためらいながら聞く。

てる子さんの答えは明快だった。

「冒険家」

みんなの視線がもう一度、絵を確かめる。

「あたしねえ、小学生のころ、冒険家になりたかったんだよ。トラとかライオンを従えて、まだだれも行ったことのないジャングルの奥とかを冒険するのが、あたしの夢だったんだよねえ」

「ひぇー」

颯太（そうた）がのけぞる。

「母さんらしいといえば、らしいね」

宙がうなずく。

「さようでございました」

田川（たがわ）さんがうれしそうに、手をぽんとたたいた。

「てる子さまは冒険家（ぼうけんか）になるとおっしゃって、そのために、いろんな練習をなさっていました」

「練習？」

真生（まお）は思わず聞いてしまう。

「お庭が広いもので、木に登ったり、落ち葉の中にもぐって寝（ね）たりされて」

「そうそう」

てる子さんがうれしそうに付けたす。

「いろんなものも食べてみたよ。花のみつとかアリとか、ミミズとか……」

「ミミズ……」

真生は、ミミズを食べるてる子さんを想像しそうになって、あわてて首を振る。

「結局、冒険家になる夢はあきらめたけどね」

残念そうに言うてる子さんに、宙がやさしく聞く。

「どうしてあきらめたの？」

「親に反対されてね。お願いだからやめてちょうだいって。ただ、じいちゃんは応援してくれてたんだよ」

「じいちゃんって、つまり権左右衛門さんだよね」

「ああ、だからその絵もじいちゃんにあげたんだろうね。こんなところに隠しておいてくれたんだ」

「なるほどね。これ、冒険家なんだ」

宙の視線につられて、真生ももう一度、その絵を見る。

冒険家……。

てる子さんにも、夢があったんだ。

てる子さんらしい夢が。

「もう、そんな絵、どうでもいいだろ」

颯太がバンと食堂のドアを開ける。

「じいやっ、パウンドケーキだろっ。あーっ、腹減った」

ふわっと、バターのいい香りがした。

四　エリーゼのために

「バイバイ、また、あしたね」

いつものように夏鈴と別れ、薬局の角を曲がる。

すーっと通り抜ける風に、花の香りがした。

見上げても、それらしい木は見当たらない。

でも、ちょっとずつ、春が近づいているんだなあと、真生は思う。

きのうはあの後、壁にかかっている額縁を全部探したが、もう何も出てこなかった。平三郎さんには気の毒だが、あと一日で見つけるのはむずかしそうな気がする。

真生の宿題もできていない。
こちらの締め切りも、来週の火曜日と迫ってきている。
ふっとため息が出る。
とにかく帰って何か考えなくては。

ところが、屋敷の門が見えてきたところで、真生の足は止まった。
そっと、電信柱の陰に隠れる。
「背広姿の二人組……」
男の人が二人、こっそり占い屋敷をのぞきこんでいるのだ。
純の言ったとおり、「がっしりした体つきの背広を着た二人組」だ。
でも、あの二人組が桃ちゃんを捜す刑事さんではないことを、真生は知っている。
なぜなら、桃ちゃんはきょう、元気に登校してきたから。

桃ちゃんは、誘拐されたわけではなかった。家出していたのだ。

純が聞いてきた情報によると、アイドルオーディションを受けるために、一人で東京まで行ったらしい。

「桃ちゃんの夢だもんね」

「でも、家の人たちは、まだ早過ぎるって、反対だったんだって」

「それで、家出？」

「で、結果はどうだったのかな」

「受かってたら、帰ってこないんじゃない？」

廊下のひそひそ話は無責任に続いたが、それを聞きながら、真生はむしろ感心していた。

夢のために、家出までするなんて。

すごい……。

わたしには、きっとできない。

とにかく、あの二人組は誘拐事件の捜査と無関係な人だ。

そのとき、一人がケータイを耳に当てた。

ほんの二言三言話しただけで、もう一人に目で合図をすると、二人は急ぎ足で、大通りとは反対のほうへ向かっていった。


門を抜け、石だたみの道を進むと、花壇のほうから話し声がした。

「ただいま」

声をかけると、二人がそろって振り返った。

「真生さま、お帰りなさいませ」

「お帰りなさい、真生ちゃん」

田川さんと話していたのは、香織さんだった。

足元の木箱には、紫や黄色、ピンクなどの花をつけた苗がいくつも入っている。

「お花、植えるの？」

「はい。そろそろ春の花壇の時期でございますので、またフローレルさんにお願いいたしました」

「パンジーとサクラソウを植えようと、思っているんです」

「サクラソウ？」

亡くなった真生のおばあちゃんは、サクラソウも好きでよく植えていた。

「ねえ、香織さん、見ててもいい？」

「もちろんです」


香織さんの手はやさしい。

そっと黒ポットから苗を抜き、くぼませておいた土の上に置くと、ていねいにていねいに土をかける。

「真生ちゃんもしますか?」

「ううん」

真生は首を振る。

「香織さんが植えているのを、見るのが好きなの」

「まあ、真生ちゃんたら」

香織さんが恥ずかしそうに笑って、次の苗を手に取る。

そっと黒ポットから苗を抜き、くぼませておいた土の上に置いて。

何十個植えても、香織さんの手の動きは変わらずやさしい。

香織さんがお花を植えるところを見ていると、パパの奥さんがこの人でよかったなっていう気がしてくる。

「香織さん。香織さんの小さいころの夢って、やっぱりお花屋さんだったの?」

「いいえ」

紫色のパンジーを持ったまま、香織さんはちょっとうれしそうに首を振る。

「わたしはね、ピアニストになりたかったんです」

「ええっ、ピアノを習ってたの」

「ええ。でも、コンクールに出ても、一回も入賞しなかったんです」

それもうれしそうに、さらっと言う。

「上手な人がいっぱいいて」

「ふうん……」

返事に詰まる。

でも、香織さんは、パンジーを植えた土をとんとんしながら、楽しそうにしゃべる。

「それでマンガ家になることにしたんです。わたし、マンガも大好きでしたから。描いては、いろんな雑誌に投稿したんですよ。でも、一回ものらなかったんです」

次は黄色のパンジーを手に取る。

「だから、もっとマンガを読まなくちゃって思って、いっぱい読んだんです。そしたらね、その中に飛行機のキャビンアテンダントのお話があって、わたし、感動しちゃったんです。それでね、キャビンアテンダントになることにしたんです」

「ほーっ」

としか言えない真生の前で、次のパンジーを植えながら香織さんの話は続く。

「そこで、わたし、英語を習い始めたんです」

「英語を」

「そう。だって、飛行機って外国の方も乗るでしょう」

「う、うん……」

「英語が話せると、外国の人とお話しできるようになるんです。それが楽しくって。でも、英語が話せない人も、いっしょにお話しできたらいいなあって思うようになって、通訳になることに変えたんです」

思わず頭の中で数える。

四つ目だ。

パンジーが終わったらしい。今度はサクラソウを手に取っている。

「でも、試験に全部落っこちちゃって」

サクラソウは、ピンクと白があるらしい。ラベルを確かめながら、交互に植えていく。

「本場の英語を知らなくてはって思ったんです」

「本場の？」

「それで、大学を卒業してから、アルバイトでお金ためて、イギリスに行ったんです」

「イギリスっ」

それは知らなかった。

「そしたらね、ホームステイしたおうちの庭がすっごくすてきだったの。かわいいお花がいっぱいで」

植えたばかりのサクラソウをうっとり見ている。

「それで、ガーデニングや、ハーブのことを勉強し始めたら、おもしろくって」

どんどんテンションが上がっていく。

「なんてすてきなんだろう。これは、みんなに見てもらわなくっちゃって」

「はあ」

ただ、すごいと思う。

「それで、日本に帰ってきて、花作りを始めたんです」

「なるほど」

「だから、今の夢は、お店を持つことかな。フラワーアレンジメントとか、ハーブの」

今の夢……。

「香織さんって、次々と夢ができるんですね。すごいなあ」

「すごいですか」

ちょっと香織さんは首をかしげた。

「わたしの夢ってかなわないことばかりで、落ちこんだこともあるんですよ。でもね、そんなとき、友達が言ってくれたんです」

香織さんの口元がふわっとほころびる。

「それが全部あって、今の香織でしょって。だから、どの夢もがんばってよかったなあって思うんです」

最後のサクラソウをそっと置く。

いいなあと思ったとき、真生の後ろで大きなため息が聞こえた。

「いいお話ですなあ。感動しました」

「あ、平三郎さん」

真生の声に、香織さんがあわてて立ち上がった。

「まあ、どうしましょう。こんな話をお聞かせしてしまって」

「いやいや、勝手に聞いてしまって申し訳ない。ちょっと疲れて茂みのところに座りこんでしまっていたもので。聞こえてしまいました」

いつもの背広に、枯れ葉がついている。

「平三郎さん、また地下室の入り口を探してたんですか?」

「はあ」

力なくうなずく。

「地下室?」

不思議そうな顔をする香織さんに、夢ノートのことを説明する。

「夢ノートですか。すてきです。すばらしいと思います。きっと見つかりますよ。見つけてください」

大きな目をきらきらさせる香織さんに、平三郎さんは黙って軽く頭を下げた。

「でも、もう時間があまりないのです。あしたの夕方にはもどらないといけないので」

「まあ、あした」

「きょうも朝から、ずっと探しているのですが、見つかりません」

平三郎さんは、庭の奥をぐるっと見渡す。

「少し疲れました」

建物に沿って作られた花壇を行くと、その先は芝生の庭だ。庭の真ん中には、ライオンの石像があり、リビングに続くベランダが見える。

とにかく、やたら広い。

そのベランダから、ひょいと田川さんの顔がのぞいた。

「みなさん、お疲れさまでございます。お茶になさいませんか。ちょうどクッキーが焼き上がりましたので」

「すみません。わたしは、土でよごれていますので」

ことわろうとする香織さんに、田川さんがにっこりして言う。

「そうおっしゃると思いまして、きょうはベランダにご用意いたしました」

ベランダのテーブルを見ると、もうトレイがのっている。トレイの上には、湯気の上るティーカップが三つ。そして、陶器で作られた脚つきのりっぱな菓子皿に、おいしそうなクッキーが山のように盛られている。

「うわあ、おいしそう。香織さんも平三郎さんも、おやつにしよう」

「まあ、お気遣いいただきまして」

香織さんが、あわてて手袋をはずす。


「ふーっ」

紅茶を一口飲んだ平三郎さんが、大きく息を吐いた。

「疲れがとれます」

真生も、さっそくクッキーを一枚ほおばる。

さくっと、口の中にバターの香りが広がった。

「おいしい」

「本当」

香織さんのほおに、ぽこっとえくぼが現れる。

「田川さんの作るものって、どうしてこんなにおいしいのでしょうね」

「うん、わたしもそう思う」

そう言いながら、真生の手は次の一枚に伸びる。

でも平三郎さんは、じっと庭を見ている。

「平三郎さん」

香織さんが話しかけた。

「まだ一日あるのですから、あきらめないでください。きっと見つかりますよ。お庭でお探しになるのでしたら、わたしもお手伝いさせていただきましょうか」

「ありがとうございます」

弱々しく頭を下げる平三郎さんに、真生は思わず言ってしまう。

「ねえ、平三郎さん。もし見つからなくても、その後はわたしたちが探してみる。それで、見つかったらすぐに平三郎さんに送るから」

「真生さん、ありがとう」

平三郎さんはにっこり笑うと、カップをテーブルの上に置いた。

「ただ、この数日ずっと探していて、気がついたことがあるんです。もし見つからなかったとしても、夢ノートがわたしの宝物であることに違いはないんだと」

「見つからなくっても？」

「はい。わたしはあの夢ノートに支えられてきたんです」

「支えられてきた……」

真生は、改めて平三郎さんの顔を見る。

「もちろん、六十年の間、ずっと夢ノートのことを思っていたわけではありません。ほかのことに夢中になって忘れていたときだって、何回もありました。でもね、何かつらいことがあったときや、どうしたらいいのかわからなくなったときに、思い出すんです。わたしには夢ノートがある、いつかあれをかなえなくてはって。そう思うと、心の中が温かくなってきて、立ち直れたりしましてね」

「すてきな夢ですね」

香織さんがしみじみ言う。

話を聞いただけで、心の中が温かくなってきそうだ。

「いいなあ。わたしもそんな夢がほしいなあ」

思わず言ってしまう。

「夢ってどうしたら、見つけられるんですか？」

平三郎さんがにっこり笑う。

「夢なんていうものは、探して見つかるもんではないと思いますよ。自然に現れるものです」

「何もしなくても、現れるんですか？」

平三郎さんはちょっと考えると、まっすぐ真生を見た。

「失敗するのがいやで、初めからあきらめていたら、見つからないかもしれませんね。何でも、ちょっとふみこんでみたとき、出会えるんじゃないでしょうか」

真生はどきっとする。

夢なんかいらないって思っていたのは、本当は失敗がいやだったからだろうか。ふみこむのが、面倒だったからだろうか。

「そうですね。本当にそうです」

香織さんが、横でうんうんとうなずいている。

「それに、失敗することもふくめて、夢ってすてきなものなんです。夢を目指してがんばっていたら、それがかなわなくても、何かがちゃんと残るんです。ねっ、真生ちゃん」

香織さんの大きな目に見つめられて、真生は思わずこくんとうなずく。

「わたしも……夢を見つけたいです」

「真生ちゃんだったら、きっと見つかります」

香織さんも大きくうなずく。

「いやあ、すばらしい。いい場面に出会えました」

平三郎さんがパチパチと拍手をする。

「これは乾杯の場面ですな。はい、みなさん、クッキーで乾杯をしましょう」

「クッキーで乾杯ですか？」

「おもしろそう」

三人が一斉にクッキーを取る。

そのとき、チリンとどこかで音がした。オルゴールの音みたいだ。

思わず、香織さんと顔を見合わす。

「おおっ」

平三郎さんの声に、見ると、クッキーののった菓子皿がゆっくり回り始めたのだ。

オルゴールの音は、この菓子皿から聞こえてくる。

どこかで聞いたことがあるメロディーだ。

「エリーゼのために……」

香織さんがつぶやいた。

メロディーに合わせて、クッキーが踊っているようだ。

「権左右衛門先生っ」

いきなり平三郎さんが、がばっと立ち上がった。

「ありがとうございますっ」

クッキーに向かって深々と頭を下げている。

「平三郎さん？」

しかも何だか、涙ぐんでいる。

「どうしたんですか」

「こ、これは、わたしが発案したものなんです」

「発案？」

香織さんもぽかんとした顔で、平三郎さんを見ている。

「ある日、中学生だったわたしが、権左右衛門先生に言ったのです。おいしいお菓子は、おいしいゆえに、食べて減るのがつらいと」

「はあ」

「すると先生は、おっしゃいました。それならお菓子が減ってきたら、楽しいことが起こるような菓子皿を発明しよう。これは、きっと全世界の子どもたちの願いだ。……そして、それを夢ノートに書いてくださいました」

「お菓子が減ってきたら、楽しいことが起こる菓子皿」

真生はもう一度、ゆっくり回る菓子皿を見る。

確かにこれは楽しい。

「わたしが東京に行ってから、先生は考えてくださったのです。わたしの夢を……。そして、発明してくださったのです。権左右衛門先生っ、ありがとうございましたっ」

菓子皿に向かって、平三郎さんは、もう一度、深々と頭を下げた。

「エリーゼのために」がやさしく流れている。

五　不在着信

結局、その日も夢ノートは見つけられなかった。

「まだ、あすの午前中があります。最後まで探させてください」

夕食後、平三郎さんは田川さんと地下の機械室に入っていった。

火の見やぐらや、花火台がいきなり上昇するスイッチがある部屋だ。

「もうこれ以上、上に上がるところはないと思うけどなあ。あってほしくもねえし」

颯太の口調がいつもよりやさしいのは、平三郎さんの姿を見ているからだろうと、真生は思う。

「見つかってほしいね」

デザートの皿をかたづけながら、宙が言ったときだ。

真生は、何か変な音がするような気がして、耳をすませた。

「真生ちゃん、どうしたの？」

窓を少し開けた真生を、宙が不思議そうに見る。

「何かパチパチいう音が聞こえない？」

「えっ」

颯太が、いきなり窓をガラッと開けた。

「こげくさい、何か燃えてるんじゃねえか」

「えっ、火事？」

ドアを開けたとたん、廊下を走ってきたてる子さんが、機械室に向かって叫んだ。

「田川っ、火事だよ。となりの神社から、火の手が上がってるっ」

颯太が玄関のドアを開けて、飛び出す。

「ほんとだ。すげえ……」

颯太の声が少し、震えている。

外に出たとたん、煙のにおいがいっそう強くなった。

「煙があんなに上まで、上がってるぜ」

屋敷の屋根の向こうに、黒い煙が見えた。

それは、もうすっかり日の暮れた空に、みるみるうちに広がっていく。

「じいや、消防に電話して……」

宙の声が聞こえる。

「平三郎さん、早く、こっちだよ」

てる子さんが平三郎さんを引っ張って出てきた。

そのすぐ後から、田川さんも出てくる。

「消防車を呼びました。だいじょうぶでございます。ただ、万が一ということがございます。みなさんは、門の近くへお逃げください」

「そうだね。すぐに逃げられるところにいたほうがいいね」

「でも、何にも持ってきてないぜ。大事なものを……」

颯太の言葉をてる子さんが切る。

「いらない。大事なものは命だけだよ」

「さようでございます」

そう言いながら、田川さんはリュックを一つ持ち出している。

さすが、田川さんだと思ったのに、田川さんはそのリュックをてる子さんに渡す。

「これをお持ちになって、お逃げください」

門のほうへ向かおうとしたてる子さんが、きょとんとする。

「田川……」

「わたくし、大事な用が残っておりますので、後からまいります」

一礼すると、いきなり門とは反対の、神社に隣接したほうに走り出したのだ。

神社と屋敷の間には、ちょっとした裏庭がある。真ん中に井戸があるのだが、もう使ってもいないし、そのほかはアジサイが数株植えられているだけで、大事なものがあるところとは思えない。

「ええっ、日川っ」

てる子さんがあわてて後を追う。

「あ、母さん、ぼくが行く」

宙が走り出す。

同時に颯太も走っている。

「あ、待って」

みんなの後を追いかけた真生だが、建物の角を曲がったとたん、足が止まった。

目の前で、塀沿いの大きな木が炎に包まれていた。

黒い煙が夜の空に引き寄せられるように、上へ上へと上っていく。

「行っちゃダメだっ」

てる子さんが、両手を広げて宙たちを止める。

田川さんだけが、まっすぐ井戸に向かっていた。

「田川っ、帰ってこい」

「じいやっ」

めらめらと燃え上がる炎の先が一瞬消えては、火の粉となって飛ぶ。

枯れ葉が何枚か、火の粉とともに黒煙の中を舞い上がっていく。

「田川さん、もどってきてっ」

真生も叫んでいた。

でも、田川さんは振り向かない。

井戸のところまで行くと、重そうなふたをぐいっと押しのける。

この井戸は、ポンプでくみ上げることになっているらしく、井戸のそばには鉄のポンプがあって、そこから持ち手のついた棒が左右に突き出していた。

田川さんはその片方を握ると、上下に何度もこぎ始めたのだ。

「井戸水をくもうっていうのかい」

「そんなところから水をくんでも、かけられねえよ」

てる子さんと、颯太が叫んでいる。

「そんなことむだだって、もどってこいよ」

炎の中で、枝の影が激しくゆれ、ぐわっと風が吹くたびに、火の粉がわーっと舞う。

真生は足ががくがくして、動けなかった。

そのときだ。いきなり真生をぐいっと押しのけた人がいた。

「平三郎さんっ」

平三郎さんは田川さんに向かってまっすぐ走っていく。

「危ないよ。もどってきて」

ところが、井戸のところに着いた平三郎さんは、すべてわかっているように、棒の反対側をぐっと握る。

そして田川さんといっしょに、こぎ始めたのだ。

田川さんとのシーソーのような動きは、だんだん速くなる。

「平三郎さんも危ないってば」

真生は必死で叫ぶのだが、平三郎さんはこわがらない。むしろ、うれしそうに見える。

「わたしは、この発明の、お手伝いを、したのですっ」

「ええっ、さよう、で、したか」

途切れ途切れに聞こえる会話に、真生は宙と顔を見合わす。

「これを、実際に、動かす、とは、光栄、です」

「発明……？」

宙がつぶやく。

そのときだ。

ガンガンガンと大きな音がした。

地面まで、ぐらっとゆれている。

「わーっ」

颯太が叫ぶ。

井戸の中から、巨大な煙突のようなものが突き出してきたのだ。

煙突は、少しずつ少しずつ、上に伸びていく。

「ひょっとして、権左右衛門の……」

「わかった」

いきなりてる子さんが、真生たちのほうを振り向いた。

「あそこは田川に任せて、あんたたちは逃げなさい」

「だって」

言いかける宙に、はっきり言う。

「田川は、自分の仕事を絶対やめない。ここにいたら、足手まといになるだけだよ」

「だけど」

真生はもう一度、二人を振り返った。

パチパチとはじける音も大きくなり、神社の木がまとう炎も、さっきより激しくなっている。

「田川さん、危ないと思ったら、すぐ逃げてね」

「真生」

宙が真生の手をつかんだ。

思い切って、走り出そうとしたときだ。

いきなり現れた男の人に、真生はぶつかりそうになった。

「ああっ」

思わず叫ぶ。

あの二人組だ。

刑事じゃないかといわれていた、怪しい二人組。

なんで、こんなところに現れるんだ。

「だれだい、あんたたち」

てる子さんが真生の前に立つ。

「見たらわかるだろうが、ここは、今……」

ところが、二人組は真生たちに目もくれなかった。

まっすぐ、井戸のところに駆け寄る。

「安藤先生、だいじょうぶですか」

「ミスター・アンドウ、おけがは？」

平三郎さんが振り返った。

「おお、お前たち、いいところに来た。代わりなさい。そして、思いっ切りこぐんだ」

「は、はいっ」

さすがに力のありそうな二人組だ。

田川さんたちとはくらべものにならない速さで、がんがんこぐ。

暗い空に向かってぐいぐい伸びていく煙突が、炎に明るく照らし出されていく。

それは、二階の屋根に届きそうになったところで、がくんと止まった。

「止まったぜ」

颯太がつぶやく。

しかし、今度はその先の部分が、まるで曲がるストローのように、ぐぐぐぐっと折れ曲がり始めた。

見ると、平三郎さんがポンプの上のほうを開いて、ハンドルを回している。
煙突の先が直角に近いところまで曲がる。
平三郎さんと田川さんがうなずき合ったのが、真生にもわかった。
何をするんだろうと思ったとたん、二人でハンドルを力いっぱい引っ張ったのだ。
プシューッという音が地面の中から聞こえた。
ずずんと何かがひびいている。
てる子さんが真生の肩を引き寄せる。
真生も思わず、てる子さんの腕をつかんだ。
ずずん、ずずん、ずずんと、数回ゆれた直後だった。
煙突の先から、すごい勢いの水がドビャーッと飛び出した。
「うわーっ」
てる子さんの声が真生にひびく。

「す、すげえ」

颯太がぼうぜんと見ている。

大量の水しぶきが炎にぶつかっていく。黒い煙と白い煙がもつれ合い、火の粉と水しぶきが飛び散る。

炎は風にあおられ、舞い上がったかと思うと、引きずり落とされ、でもまた、むくむくと舞い上がる。そこへ、いっそう激しく水がぶち当たる。

「がんばれっ」

颯太が叫んだ。

「負けんなよっ」

平三郎さんは、ハンドルを握ったまま炎を見上げている。

田川さんもじっと身じろぎもせず、立ち尽くしていた。

炎と水がぶつかる。またぶつかる。水しぶきと火の粉が混じり合っては、空に消える。

それが何度くり返されただろう。少しずつ炎の先は弱まっていった。

真生が消防車のサイレンに気づいたとき、火の勢いはずっとおとろえ、煙突からの水しぶきがどうどうと、その上から降り注いでいた。


一時間後。

真生は、颯太や宙といっしょに、食堂で大きなマグカップでココアを飲んでいた。

「すっかり体が冷えてしまいましたでしょう。温かいものを飲んでいただきませんと」

真っ黒になった手や顔を急いで洗うと、田川さんはあっというまにココアをたっぷり作ってくれた。

「それより、じいや、だいじょうぶ？　けがしてない？」

薬箱を持ってきた宙にも、田川さんは頭を下げる。

「ご心配をおかけして、申し訳ございません。まったく何ともありません」

とはいうものの、あわてて着替えてきたのは、上着に焼けこげた穴がいくつもできていたからだ。

「田川さん、ちょっと休んで」

真生が言っても、にっこり笑うだけで行ってしまった。

玄関のほうから、かすかに話し声が聞こえる。

てる子さんに田川さんも加わって、警察の人や消防の人と話をしている。次々といろいろな人が来るみたいで、話はなかなか終わりそうにない。

「それにしても、びっくりしたなあ」

颯太がしみじみと言う。

真生もマグカップを抱えながら、こくんとうなずく。

本当にいろんなことがあって、頭の中で整理できない。

ものすごくびっくりしたのは確かだが、何にびっくりしたのかと聞かれたら、うまく答えられないかもしれない。

宙もふーっと、息を吐いた。

「こんなに近くで火事が起こるなんて、考えてもいなかったよ」

真生はまた、うなずく。

確かにそれがびっくりの一番だ。

「それに、あの権左右衛門さんの発明。あれにも、おどろいたなあ。すごすぎるよ」

真生はもう一度、うなずく。

権左右衛門さんの発明には、今まで何度もびっくりしてきたが、その中でもきょうのは、一番すごい。

「おれもさ、今度だけは、すげえと思うぜ」

颯太が権左右衛門さんの発明に納得するのは、めずらしい。

「今までのライオンの噴水だとか、火の見やぐらだとか、地下通路だとか、どれもこれも、何のために、普通の家にこんなもの作るんだって思ってきたけどな」

「あの巨大煙突がなかったら、今ごろ大変なことになってたかもしれないよ」

颯太がマグカップをコトンと置く。

「あのじいさん……役に立つものも作ってたんだなあ」

「田川さんや、平三郎さんが言うとおりだったね」

平三郎さん……。

真生の三つ目のびっくりは平三郎さんだ。

ノーベル賞の人だったんだ。

平三郎さんのことが知られると、騒ぎになるからって、今は護衛の二人組といっしょにリビングにひそんでいる。

「だけど、本当か？」

颯太がちょっと声をひそめる。

「あのじいさんが、ノーベル賞の受賞者だなんて、インチキじゃねえんだろな」

「だって、護衛の人がずっとこのあたりで待機してたんだよ。普通、そんなことないよ」

「それにね、わたし、思い出したんだけど、先生が言ってたの」

真生はそっと二人の顔を見る。

「五年前にノーベル賞を取った人の話。わたしたちの学校の卒業生で、今、この町に帰ってるって」

ふーっと二人が顔を見合わせる。

「それが権左右衛門さんの一番弟子なんだね」

「もう、おれ、頭ん中ぐるぐるだ。わけわかんない」

颯太がテーブルにつっぷした。

「わたしも……」

ふーっと天井をあおぐ。

そのとき、玄関のほうから、ちょっと大きめの話し声がした。

バタバタと、廊下を走ってくる足音もする。

「だれか来たのか」

颯太が顔を上げるのと同時に、ドアがバンと開いた。

「真生っ」

「真生ちゃんっ」

真生はあわてて立ち上がる。

「パパ、香織さん……どうしたの、こんな時間に」

「どうしたの、じゃないだろ。まったく、お前は」

パパは、テーブルに両手をつくと、ふーっと大きく息を吐いた。

「フローレルの店長さんから、電話があったんだよ。占い屋敷が火事だって」

後ろにいる香織さんも、息づかいが荒い。

「それですぐ車に飛び乗って、走ってきたんだ。だけど……」

パパは三人を見回すと、ほおっと大きくため息をついた。

「みんな無事だったんだな」

真生はびっくりして、パパと香織さんを交互に見る。

「あ、ごめん……」

「でも、よかった……無事で」

香織さんの目にみるみる涙がたまる。

「本当によかったです」

「香織さん、ごめんなさい」

「ご心配をおかけして、申し訳ありませんでした」

宙がきちんと頭を下げる。

「いやいや。無事ならそれでいい」

パパがもう一度、大きくため息をつくと、近くのいすに、どかっと座りこんだ。

「おれは人生で初めて、口に出しては言えんようなスピードを出したぞ」


今夜四つ目のびっくりを見つけたのは、寝る前だった。

裏庭の実況見分というのも終わり、警察の人や新聞社の人たちも帰り、やっと落ち着いたとき、もう日付は変わっていた。

パパと香織さんも、平三郎さんの護衛の人たちも、今夜は屋敷に泊まることになったらしい。

「とにかく、もう寝よう」

てる子さんも部屋に引き上げ、真生も自分の部屋にもどる。

ベッドに入ろうとして、真生は部屋に置きっぱなしだったケータイのランプに気がついた。

不在着信のお知らせだ。

「香織さんから？」

ケータイを開いた真生は、息をのんだ。

不在着信、不在着信、不在着信、不在着信、不在着信、不在着信……。

思わず数える。

「三十六回……」

香織さん、運転するパパのとなりで、ひたすら真生を呼んでいたんだ。

家を出てから、ここに着くまで、ずっと。

三十六回も。

気がつくと、真生は画面にタッチしていた。

「はい。真生ちゃん、どうしたの？」

不思議そうな香織さんの声がした。

「あ、あのう……お休みなさいって、ちゃんと言ってなかったから」

「あら、そうね」

ふふふふって、いつもの香織さんの笑い声がする。

「康一(こういち)さん、もう寝(ね)ちゃったから、わたしでいい？」

「うん。香織さん、お休みなさい」

「真生ちゃん、お休みなさい」

ほんの少しのまがあってから、ケータイの画面がすっと消えた。

「香織さん、パパ……」

真生は両手でケータイを抱(かか)えたまま、しばらくベッドに腰(こし)かけていた。

六　発見！　夢ノート

朝起きると、もう九時を回っていた。

いくら土曜日だといっても遅すぎる。

真生は急いで着替えると、階段を駆け下りた。

食堂のドアを開けると、田川さんがいつもの笑顔で頭を下げる。

「おはようございます。真生さま」

「ごめんなさい。遅くなっちゃった」

「ぼくも、今、食べ終わったところだよ」

宙が新聞から顔を上げる。

「ゆうべ、遅かったもんな」

颯太も、ずずずっとみそ汁をすすっている。

「今すぐご用意いたします」

キッチンに向かう田川さんの後ろ姿を見ると、きのうのことがうそみたいな気がする。

「みんなは?」

「夢ノート探し。あの護衛の二人はもちろんだし、康一さんや香織さんもいっしょに探してるらしいよ。家の中と、庭とに分かれて探してるみたい」

「へえ、パパも……」

窓から明るい日差しが差しこんでいる。

きょうも、いいお天気らしい。

「さあ、どうぞたくさん召し上がってください」

田川さんが、トレイを真生の前に置いた。

みそ汁の温かい湯気が上る。

「いただきます」

真生の一口目は、いつも卵焼きだ。

「うん、おいしい」

「ありがとうございます。では、どうぞごゆっくり召し上がってください」

田川さんは、いつものきれいなおじぎをすると、キッチンにもどっていく。

颯太がキュウリの漬け物を食べる音がする。

宙が新聞をめくる音がする。

ポテトサラダもおいしい。

真生はせっせと、ご飯を口に運ぶ。

うーん、おいしい。

宙が顔を上げた。

「ここにゆうべの火事のことがのってるよ」

「へえっ、何て書いてあるんだ？」

颯太がソーセージをくわえたまま、身を乗り出す。

「『六十年前の発明、神社を守る』だって」

「ほおう」

宙が新聞を読み始める。

「四日午後七時過ぎ、東区の大杉神社で火災が発生した。しかし本殿に燃え移る前に、隣接する鈴木照代さん宅（通称占い屋敷）の井戸からの放水で延焼は免れた。放水は井戸に取り付けられた特別な装置によって、迅速に行われたのだが、この装置は、六十年前に当時、この屋敷に住んでいた鈴木権左衛門氏によって発明されたものである」

「ひええっ、すげえな」

「ほんと、何か、かっこいい」

「そうだね。田川さんも平三郎さんも喜ぶだろうね」

宙がにこっと笑うと、新聞をていねいにたたむ。

「あとは、あの夢ノートが見つかるといいんだけど。ぼくもこれから手伝ってくるよ」

「ようし」

颯太が立ち上がった。

「腹もふくれたし、おれも手伝うかな、そのノート探し」

「待って。わたしも行く」

真生も最後の一口を飲みこむと、あわてて立ち上がった。

そのはずみで、お箸が片方ぽろんと落ちる。

拾おうとしたのだが、お箸はころころころとテーブルの下へ転がっていってしまった。

「あれ、どこにいったんだろ」

テーブルクロスが床すれすれまであるから、テーブルの下は薄暗い。

「こっちかな」

宙が反対側から、のぞいてくれる。

「そんなに遠くまで転がらねえだろ」

颯太が頭を突っこむ。

「あ、あった。あれ？　なんだ、これ？」

颯太がテーブルの下でごそごそしている。

「どうしたの？」

真生のほうからは、よく見えない。

「床板に変なすきまがあるんだ。そこにちょうど真生の箸がはさまってるんだけど」

「変なすきま？」

「あっ、ここだけ浮くぜ」

「浮く?」

宙もぐりこんでいく。

「ほら、ここ、ふたになってるんだ」

ギギギギッと音がした。

「ああっ、何か埋めこまれてる。何かの取っ手みたいだぜ。あ、動く……」

「颯太、わからないものを動かしたりするのは……」

宙が言いかけたときだ。

突然、食堂が大きくゆれた。

「地震?」

それもけっこう大きい。

窓ガラスがガタガタと音をたて、テーブルの上では皿や茶碗がカチャカチャ鳴る。

「大変」

皿を押さえようとした真生を、宙が止める。

「真生ちゃん、とにかくテーブルの下に入ろう」

確かに、ゆれは次第に大きくなってくる。

真生も急いでテーブルの下に入った。

「すぐに治まるとは思うけどね」

ところが、ゆれは大きくもならないが、止まりもしない。

垂れ下がったテーブルクロスのはしが、ゆれ続ける。

「何かおかしくないか？」

颯太が振り向いた。

真生も何だか変な感じがしていた。

長すぎる。そして、ゆれ方がおかしい。

宙も首をかしげている。

「これ、地震じゃねえかも」

テーブルクロスから首を出した颯太が叫んだ。

「うわあっ、部屋が沈んでるっ」

真生もあわてて顔を出した。

部屋が少しずつ、天井からはなれ、下へ沈んでいた。

食堂すべてが、巨大なエレベーターになっている。

天井との空間がどんどん広がり、天井はどんどん遠くなっていく。

声も出ない真生の肩を、宙がぎゅっと抱いてくれた。

「だいじょうぶ。これも、きっと権左右衛門さんの発明だから」

「あの取っ手みたいなやつが、スイッチだったんだな」

颯太がゆれながら、さっきの取っ手を探している。

「あったぜ。これを右に回したから、下がったということは、左に回せば、あ、が、るー……」

必死で引っ張っているらしいが、動く様子がない。

宙も、もぐりこんでいく。

「いくぞっ。せーのっ」

二人で引っ張る。

「だめだ。動かねえ」

「反対から押してみようか」

二人が押したり引いたりしているうちに、部屋はちょうど一階分くらい下がって、がくんと止まった。

「止まったよ」

颯太が飛び出していって、ドアを思い切り押す。

「びくともしねえや」

「開かないっていうことは」

宙がゆっくり言う。

「たぶん、この部屋だけ下がったんだ」

真生もそろそろとテーブルの下から、はい出す。

窓の外には、コンクリートの壁のようなものが見える。

「そういえば、屋敷の中でこの部屋だけ二重窓なんだよ。壁も厚いし、どうしてだろうって、思ったことがあったんだ。こういうことになってたのか」

宙が天井を見上げて、納得している。確かに、外側の壁や窓は、ちゃんと残っている。

そこから光が差しこむので、部屋は暗くない。

真生は、ふと「不思議の国のアリス」を思い出した。

天井がぐーんと遠くなる場面があったような気がする。

「じいやはキッチンにいるよな」

颯太がキッチン側の壁を見上げた。

「おーい、じいやー。聞こえるかー」

返事はない。

「もうノート探しに行ってるんだよ、きっと」

宙もキッチン側を見る。

キッチンに続くドアは目の前にあるが、これも開くことはないだろう。

ところが、ドアに近づいた宙は、わずかなすきまに目を当てた。

「どうした？」

「灯りがもれてるような気がするんだ。真っ暗なはずなのに」

颯太がドアノブに手をかける。

おそるおそる引くと、ギギギギギと音がして、ゆっくり開いていく。

でも、当然、そこはキッチンではなく……。

「何だ、ここ」

三人の目の前に現れたのは、たたみ三枚分ほどの小さな部屋だった。

置かれているのは、木製の机が一つと、いすが二つ。

反対側にもドアが見える。

「たぶん、向こうのドアは庭のどこかにつながってるんだね」

真生の頭に、必死で歩数を数えていた平三郎さんが浮かぶ。

「ひょっとして、これが、あのみんなで探してる地下室?」

真生は、思わず宙の腕を握る。

宙が静かにうなずく。

「そうだね、きっと」

「って、いうことは……」

颯太が一歩足をふみ入れる。

「ここに、あの夢ノートっていうやつがあるのか」

「うん。きっと」

机には、引き出しが一つだけついている。

三人の視線が、その引き出しに集まっていた。

「開けてみるぞ」

宙がうなずくのを見て、颯太は引き出しに手をかける。

思ったより簡単に、すっと引き出しは開いた。

そしてその中には、薄茶色になった大学ノートが一冊だけ、きちんとしまわれていた。

「これが夢ノート？　こんなノートが？」

「出すぞ」

颯太が宙を見る。

「うん。でも、古いものだから、そっとだよ」

颯太はそうっとノートを取り出すと、静々と食堂のテーブルの上に運んだ。

表紙をゆっくりめくる。

「あっ」

颯太の手が止まった。

『夢』

初めのページいっぱいに、一文字だけ書かれていたのだ。

「夢、か……」

「これ、権左右衛門さんの字かな」

「きっとそうだよ」

文字は、かなりかすれてはいたが、しっかりそこに存在していた。

「次のページ、開けてもいいの?」

真生が宙に聞く。

「うん。ページがくっついたりしてなければね」

「よしっ」

颯太の指がページをそっとめくる。

そこには、ぎっしりと文字が書いてあった。

万年筆だろうか。太めの文字で力強く書かれている。

漢字も多くて読みにくいが、一番上に大きく書かれていた文字は、真生にも読めた。

『空を飛べる自転車』

宙が読む。

「空は広い。幼い子であれども、車と衝突したりすることなく、自転車に乗ることが可能である。また建物などに妨げられることがないので、急いでいる人も、最短距離にて目的地に着くことが可能である。もちろん、墜落のおそれがなきように、十分な注意が必要と思われる」

「へええ、こんなこと考えてたのか」

「次のページにも書いてあるの？」

宙がページをそっとめくる。

「『水の上を歩ける下駄』橋が設置されていないところに住む人々は、川向こうに用事があると、遠回りをせねばならぬ。川上村の子どもたちは、学校まで一時間

以上歩いていた。水の上が歩ければ、どこに住まう人も、このような苦労をせずに行ける」

「『雨を降らせる装置』日照りが続くと、農家には甚大なる被害が及ぶ。その苦しみは、いかばかりであろう。是非、発明せねばならぬ」

「『一年じゅう、桜の花を咲かせることができる温室』本家のイトばあさんは、花見を何よりも楽しみにしておったのに、桜が咲く前に亡くなった。このような温室があれば、花見をさせてやれたものを」

ふーっと、颯太は大きく息をした。

「いろんなことを、考えてたんだなあ」

次のページを見た真生は、どきっとした。

「『大切な人の安否が非常に心配であるとき、どこにいてもすぐにその人と話せる装置』

大切な人の安否を心配することは、つらいものである。戦地に赴いた夫や息子のことをその家族はどれだけ苦しい気持ちで思ったであろう。一言でも元気な声が聞ける装置があれば、どんなに心安まるであろうか」

ノートを読む宙の声が、真生の心にしみる。

パパや香織さんの気持ちに、わたしは全然気がつかなかった。でも権左衛門さんは、気づいていたんだ。

「真生ちゃん、どうしたの」

真生はあわてて首を振る。

「何でもないの。ただ権左右衛門さんって、いつもだれかのことを考えてたんだなと思って。わたしは気がつかなかった……」

「そうだね」

宙も夢ノートに目を落とす。

「すごい人だったんだね」

次にも、その次にも、最後まで夢が詰まっている。

『座ったままで、どこにでも行けるいす』

『重いものを入れても、軽く持てるかばん』

『どんな病気でも治せる薬』

「だけどよ、どんなに人のためにって願ってもさ」

颯太がつぶやく。

「かないっこないものを……こんなに夢みてたって、どうなんだ」

「ううん」

宙が首を振る。

「ほら、このページを見て。『取れたての魚をそのまま運べる箱』とか、『顔を見ながら話せる電話』とか、『山の中で遭難しても、場所がわかる装置』とか」

宙がにこっと笑う。

「今ならあるじゃない。確かに権左右衛門さんは間に合わなかったけど、ほかのだれかが、かなえたんだ。かなわない夢じゃなかったんだよ」

ふと、真生は思い出す。

「そう言えば、平三郎さんも言ってた。今なら、できるかもしれないって」

「今なら……か。確かにそうかもしれねえ」

颯太がつぶやく。

宙がノートをそっと閉じた。

「だれかのために一生懸命になれるって、すごい夢だよね」

真生もしっかりうなずく。

「かなえたいな」

そのとき、上のほうから、ドンドンとドアをたたく音が聞こえてきた。

「颯太さま、宙さま、真生さま、どうされました？　いらっしゃるのですよね」

田川さんの声だ。

「ここを開けてください。何かあったのですか？」

颯太がちょっと迷ってから、叫ぶ。

「ありすぎて、一言じゃ言えねえよっ」

「は？　何ですか？　とにかく開けてください」

「おれたちにも開けられねえっ」

「ええーっ」

「じいや、庭に回ってくれる？」

宙が呼ぶ。

「窓から見てくれたら、わかるからっ」

「窓でございますかっ」

「そう。窓からのぞいてっ。でも、危ないから、急に開けちゃダメだよっ」

「あ、危ない、ですとっ」

バタバタと田川さんが走っていく音が聞こえた。

「何とかしてくれるだろ」

颯太がどかっといすに座る。

「みんないるからね」

宙の言うとおり、あっというまに、田川さん、てる子さん、パパ、香織さん、平三郎さんに、護衛の二人組と、全員の顔が次々と窓に並んだ。

「平三郎さーん」

真生は思わず叫んでいた。

「見つかったよ。夢ノート、ここにあったよーっ」


すぐに、窓から縄ばしごが下ろされ、田川さんとパパが下りてきた。

でも、パパたちががんばっても、あの取っ手はびくともしない。

ここで力を出してくれたのは、またあの二人組だった。

すみやかに縄ばしごを下りてくると、二人がかりで体重をかけ、取っ手を元の場所に回してくれたのだ。

ガンッと床がひびいたのと同時に、またぐらぐらとゆれ始めた食堂は、カックンカックンと上り始めた。そして、以前の場所にぴたっと止まったのだ。

「それにしても、食堂がエレベーターになってるとはなあ」

パパが感に堪えないようにつぶやいた。

「なにしろ権左右衛門さまは、すばらしい発明家でいらっしゃいましたので」

いつもの田川さんのせりふが、今までより真生の心にすとんと落ちる。

やっと開いたドアから、一番に飛びこんできたのは、平三郎さんだった。

「平三郎さん、はいっ」

宙が差し出す。

「これですよね、夢ノート」

「おおおおっ……」

受け取る両手が震えていた。

「こ、これです、これです。夢ノートですっ」

がばっとノートを胸に抱く。

「権左右衛門、せん、せいっ」

平三郎さんは、絞り出すような声で叫ぶと、ノートを抱きしめたまま、床に泣きくずれた。

「やっと、やっと……平三郎は、先生の……ううう」

平三郎さんの肩がぶるぶる震えているのを、真生たちはただ黙って見ていた。


見たこともないような黒いぴかぴかの車に乗って、平三郎さんはもどっていった。

「ありがとうございました。本当にありがとうございました」

しっかり夢ノートを抱え、何度も何度も頭を下げて。

車を見送ったあと、石だたみを歩きながら颯太がしみじみと言う。

「でも、すげえよなあ。ノーベル賞取った人だぜ。それが、次に目指すのは権左右衛門さんが考えてた発明だっていうんだからな」

「でもノーベル賞取った研究も、発明も同じだって言ってたよね」

宙が歩幅をちょっとゆるめる。

「人の役に立つようにって思いながら、やってきたって」

「やっぱり、すげえ人だよ、平三郎さんは」

「ぼく、権左右衛門さんも、すごい人だったって思うよ」

「まあな」

少し後ろを歩いていた田川さんが、ずずっとはなをすすった。

真生はくるっと振り向く。

「平三郎さんは、これからまた夢に向かってがんばるのよね」

「そうだね。きっと、すごい発明をすると思うよ」

宙がにこっと笑った。

七　わたしの夢は

月曜日、真生が教室に入ったとたん、夏鈴が飛んできた。

「真生、ごめんねっ」

いきなり、あやまる。

「どうしたの？　何？」

「わたし、占い屋敷のこと、誤解してた」

「誤解？」

「怪しげな化け物屋敷だって思ってたの」

「えっ」

思わず言葉に詰(つ)まる。

「だから、真生のこと、かわいそうで仕方なかったの」

「う、うん」

「でも、違(ちが)ったんだね」

今にも泣き出しそうな夏鈴に、助け船を出したのは純(じゅん)だった。

「わたしもそう思ってたんだけど、新聞読んでびっくりしたの」

「新聞？　あ、金曜日の火事の」

やっと話の流れが読めてくる。

「それもそうだけど、けさの新聞に、安藤平三郎(あんどうへいざぶろう)さんの話がのってたのよ。まだ読んでないの？」

「う、うん」

平三郎さんが？

新聞に？

何を話したんだろう。

真生はまた、どきどきしてくる。

「鈴木権左衛門さんって、安藤平三郎さんの先生だったんですって？」

「うん、まあ、そうらしい……」

「すごいよなあ」

修がうなずいている。

「ノーベル賞取った人の先生が、お前のひいじいさんってわけだろ」

「まあ、そうなる……」

言われてみれば、そうだ。

「その人、人々の幸せのために研究をしていた人なんでしょう」

「そんなすごい人だったって、真生は知ってたの？」

「ううん。わたしもよくは知らなくて……」

言葉をにごしながら、帰ったらすぐに新聞を読まなくちゃって思う。

「じゃあ、びっくりしたでしょ」

「うん」

うなずくしかない。

「びっくりした」

それは間違(まちが)いない。

「そうでしょうね」

夏鈴(かりん)も純(じゅん)も顔を見合わせて、深くうなずく。

「占(うらな)い屋敷(やしき)にも、その研究の成果がいろいろ残ってるんだって？」

「あ、まあ……いろいろね」

「あっ、そうか」

修が思い出す。

「前に魔界の塔と間違えたやつがあったよな。あの屋敷の上に、どーんと塔が立ったやつ」

「ああ、あったあった」

夏鈴もうなずいている。

「ひょっとして、あれも研究の一つだったのか?」

「うん。たぶん……」

「えーっ」

夏鈴が叫ぶ。

「そんなこと知らなくて。化け物屋敷なんて思ってて、ごめんね」

また、あやまる。

「ううん。いいのいいの」

真生（まお）はあわててしまう。

わたしだって、知らなかったのだ。

「ほかにどんな研究の成果が残ってるの？」

「うーんと……」

どれを話そう。

頭の中を発明がぐるぐる回る。

そんなに強烈（きょうれつ）でないやつで、すごいなって思ってもらえそうなのは……。

「見てみたいなあ」

夏鈴のつぶやきが聞こえたとき、真生はあっと思った。

今が、チャンスかもしれない。

今なら、言えるかもしれない。

真生は小さく息を吸（す）った。

「ねえ、もしよかったらだけど、夏鈴(かりん)も純(じゅん)も、一度遊びに来ない？　見たほうがわかりやすいと思うんだ」

言いながら、どきどきしてくる。

でも、真生(まお)の心配は無用だった。

夏鈴も純も、そして修(しゅう)まですぐに答えたのだ。

「行く」

「行きたい」

「おれも行っていいか？」

真生は息をのんだ。

自分がさそったというのに、びっくりしたのだ。

あわてて、うなずく。

「うん、うん、いいよ。おいしいおやつを用意しておくから、みんなで来て」

びっくりしたのは、真生だけではなかった。

真生の話を聞いた田川さんも、目をぱちくりさせて、息をのんだ。

「お、友達が……」

真生が少し心配になったぐらいだ。

「あのう……いけなかった？」

「とんでもございませんっ」

田川さんは胸の前でぎゅっと手を組んだ。

「お友達がいらっしゃるなんて、なんてすばらしい。初めてのことでございます」

「初めて？　じゃあ、颯太や宙も友達を連れてきたこと、ないの？」

「はい」

田川さんは重々しくうなずいた。

「てる子さまも、ございませんでした」

「そうか」

なるほどとも、意外だとも言えない。

「真生さまっ」

田川さんの背筋がいつにも増して、ぴんと伸びる。

「は、はい」

「この田川、誠心誠意をもって、おもてなしをさせていただきます。フレンチにいたしましょうか。それともイタリアンで……」

「そんな大げさでなくっていいよ」

真生はあわてて田川さんの言葉をさえぎる。

「って言うより、大げさでないほうがいいの」

真生は、普通の家だって思ってほしいのだ。

「おいしいケーキと、紅茶があったら、それだけで十分だから」

「おや、それだけですか？」

田川さんは、つまらなさそうな顔になる。

ただ、真生は一つ思い浮かべたものがあった。

「でもね、一つだけお願いがあるの」

「はい。なんなりと」

「この前、平三郎さんや香織さんとお茶をしたとき、オルゴールのついたお菓子皿を使ったでしょう。あれを使ってほしいな。みんなきっとびっくりするし、喜ぶと思うの」

田川さんの顔に満面の笑みが浮かぶ。

「かしこまりましたっ。では、あのセットを全部用意いたします。そうですっ、きょうのお茶の時間に、一度使ってみましょう。菓子皿以外はしばらく使っておりませんからね。試してみなくては。では、失礼いたします」

「全部？」

聞き返そうとしたとき、田川さんはもう、急ぎ足でキッチンの中に入っていくところだった。

まあ、いいかと真生は思う。

それより真生はしなくてはいけないことがある。

あの宿題。

あしたが締め切りの『わたしの夢』。

真生は、やっと見つけたのだ。

わたしの夢。


真生は部屋に入ると、すぐに机に向かった。

原稿用紙を広げ、鉛筆を握る。

『わたしの夢は、』

この先がやっと書ける。

『それは、だれかを喜ばせることができるような人になることです』

権左右衛門さんみたいに、発明家になることはとてもできない。

でも、だれかのことを考えられるって、すごくすてきなことだと思ったのだ。

『どんな仕事をするかは、まだ決めていません。でも、どんなことをしたら人は喜ぶのか、一つでもたくさん見つけていこうと思っています。そのために……』

真生は一人でふふっと笑うと、鉛筆を置く。

引き出しから出したのは、小さなノートだ。

表紙にスミレの花束が描かれていて、かすかにいい香りがする。

これは香織さんの家に遊びに行ったときに、もらったノートだ。

かわいらしすぎて、何に使うか迷っていたのだが、今、まさしくぴったりだった。

夢ノートに。
だれかにしてもらって、うれしかったこと。言ってもらって、うれしかった言葉。
それを、このノートに書き留めておく。
そして、その一つ一つを、自分もだれかにしてあげられるようにがんばる。
真生の夢ノート。
真生はそっと表紙をなでる。
いろんな人のことが書けそうで、わくわくする。
「よしっ」
真生は、夢ノートをそばに置くと、再び原稿用紙に向かった。
「お茶の用意ができました」
田川さんに呼ばれたのは、ちょうど作文を書き終わったときだった。

「はーい、今行きます」

階段をトントンと下りて、食堂のドアを開ける。

「えーっ」

真生は、立ち止まってしまった。

「何、これ。すごすぎる」

オルゴール付きの菓子皿が、テーブルの中央に三つ。

そばに花柄のティーポットと、おそろいのカップが並んでいるのだが、その花の一つ一つが青、赤、黄色とぴかぴかと光っているのだ。

「すごいよねえ」

宙がにこにこ笑ってる。

「おれはもう、いいよ。こんなの……」

颯太がため息をつく。

何の反応もなく、すでにシュークリームにかじりついているのは、てる子さんだ。

「さあ、どうぞお召し上がりください」

紅茶をつぐ田川さんの手に、カップの光がぴかぴか反射している。

「いただきます」

そっと、ティーカップを取り上げたとたんだ。

「何、これ」

受け皿がゆっくり回り始めたのだ。

かわいいオルゴールの音も流れ始める。

まるで遊園地だ。

「まったく、これじゃ気が散って食えねえよ」

颯太がぼやく。

「でも、楽しいね。なんだか、わくわくするね」

宙は、にこにこ笑っている。

突然、ポッポーと汽笛が鳴った。

手のひらにのるくらいの機関車が、テーブルのはしから走ってきた。

「かわいい」

一生懸命走ってきた機関車は、真生の前でぴたっと止まった。

「あ、クッキー」

後ろの車両にはチョコクッキーが一枚。

「いただきます」

真生がクッキーを取ると、ひょこひょこと、後ろ向きに引き上げていく。

見ると、田川さんがリモコンで操作しているのだ。

「めちゃくちゃ楽しい、これっ」

真生はクッキーを持ったまま笑い出す。

おかしくて、なかなか笑いが止まらない。

「とにかく、おれはさっさと食うぞ」

颯太が菓子皿のシュークリームを二つ同時に取った。

そのとたん、菓子皿のオルゴールも流れ始める。

「なんだよ、もう」

「権左右衛門さまの発明だよ」

宙が笑いながら答える。

「はい、さようでございます。鈴木権左右衛門さまは、すばらしい発明家でいらっしゃいましたので」

田川さんのいつもの説明が聞こえる。

テーブルの上で、小さなかがやきがきらきら光り、真っ白なテーブルクロスに虹を映す。

オルゴールがあちこちでちろちろ流れ、みんなの笑顔が広がっていく。

権左右衛門さん、ありがとう。

占い屋敷は、きょうも幸せだよ。

真生は、もう一枚クッキーを取ると、思い切りぱくっとほおばった。

作者　西村友里（にしむら ゆり）

京都出身。京都教育大学卒業。京都市内の小学校に勤める。「大空」で第13回創作コンクールつばさ賞＜童謡・少年詩部門＞で優秀賞を受賞。『たっくんのあさがお』（PHP研究所）で第25回ひろすけ童話賞受賞。『オムレツ屋へようこそ！』（国土社）は第59回青少年読書感想文全国コンクール課題図書。その他の著書に「占い屋敷」シリーズ（金の星社）『すずかけ荘の謎の住人』（朝日学生新聞社）『いちごケーキはピアニッシモで』『オムレツ屋のベビードレス』（国土社）などがある。

画家　松嶌舞夢（まつしま まいむ）

大阪出身。デザイン系専門学校卒業後、アニメーション制作会社に勤める。アニメーターとして「カードファイト!! ヴァンガード」「ジョジョの奇妙な冒険」「君のいる町」「Wake Up, Girls！」「ノラガミ ARAGOTO」などに参加。児童書の装画・挿絵作品に「占い屋敷」シリーズ（金の星社）などがある。
ホームページ　http://uxwxu.sakura.ne.jp

占い屋敷と消えた夢ノート

初 版 発 行／2018年5月
第2刷発行／2020年6月

作者　西村友里
画家　松嶌舞夢

発行所／株式会社 金の星社
〒111-0056　東京都台東区小島1-4-3
TEL　03-3861-1861（代）　FAX　03-3861-1507
振替　00100-0-64678
ホームページ　http://www.kinnohoshi.co.jp

印刷・製本　図書印刷 株式会社

乱丁落丁本は、ご面倒ですが小社販売部宛にご送付ください。
送料小社負担でお取り替えいたします。

192P　19.4cm　NDC913　ISBN978-4-323-07418-4